MAXIMILIAN

& THE LUCHA LIBRE CLUB

A Bilingual Lucha Libre Thriller

★ ★ ★ ★ ★ ★ ★

Library of Congress Cataloging-in-Publication Data

Garza, Xavier.
 Maximilian and the Lucha Libre Club / by Xavier Garza. p. cm.
First edition. | El Paso, TX : Cinco Puntos Press, [2016] |
Series: Max's lucha libre adventures; 3 | Sequel to: *Maximilan & the Mystery of the
Guardian Angel* and to *Maximilian & the Bingo Rematch.* |
Summary: Max seems like any other kid until he is asked to join the Lucha Libre Club,
but because of strict secrecy, he cannot tell anyone of his royal wrestling blood: his uncle
is the king of lucha libre, the Guardian Angel.

LCCN 2016014774 (print) | LCCN 2016031337 (ebook) | ISBN 978-1-941026-41-0
(paperback) | ISBN 978-1-941026-40-3 (cloth) | ISBN 978-1-941026-42-7 (e-book)

CYAC: Wrestling—Fiction. | Mexican Americans—Fiction. | Family life—Texas—
Fiction. | BISAC: JUVENILE FICTION / Action & Adventure / General. | JUVENILE
FICTION / Sports & Recreation / Wrestling. | JUVENILE FICTION / Boys & Men. |
JUVENILE FICTION / Family / Multigenerational. LCC PZ7.G21188 Maxi 2016 (print)
| LCC PZ7.G21188 (ebook) | DDC [Fic]—dc23

LC record available at https://lccn.loc.gov/2016014774

Thanks to Luis Humberto Crosthwaite for his translation, for keeping it on the street.
And to Roni Capin Ashford Rivera for her edit of the Spanish.
And to masterful line editors Jill Bell and Stephanie Frescas.
Go technicos!

Book and cover design by homeboy Sergio Gómez, moving now to the westside.

MAXIMILIAN

 THE LUCHA LIBRE CLUB

A Bilingual Lucha Libre Thriller

★ ★ ★ ★ ★ ★ ★

Written and Illustrated
By Xavier Garza

CINCO PUNTOS PRESS

El Paso ★ Texas

1
PALOMA'S RAGE!
★ ★ ★ ★ ★ ★ ★
¡LA FURIA DE PALOMA!

"Look out," screams my friend Leo. We dive under the table to avoid an incoming aerial attack—a tray of cheesy enchiladas.

"Paloma threw it right at you, Max!" screams Leo. It's true, that tray of enchiladas had my name written all over it. "What did you say to her that got her so mad?"

"I don't know," I tell Leo. "All I said was that I couldn't go roller skating with her this Saturday because I'm going to see Cecilia."

"Why did you tell her about Cecilia? Why didn't you just make up a story to spare her feelings?"

—¡Aguas! —grita mi amigo Leo. Nos echamos un clavado bajo la mesa para evitar la llegada del ataque aéreo: una charola de enchiladas de queso.

—¡Paloma te lo aventó derechito, Max! —grita Leo. Es verdad, la charola de enchiladas llevaba mi nombre—. ¿Qué dijiste que la hizo enojar tanto?

—No sé —le digo a Leo—. Solo le dije que no podría ir a patinar con ella este sábado porque voy a ver a Cecilia.

—¿Para qué le dijiste de Cecilia? ¿Por qué mejor no inventaste una historia para evitar herir sus sentimientos?

"Spare her feelings?"

"Max, Paloma's in love with you!"

"No, she isn't," I say. "We're just good friends, that's all."

I look up and see Principal Martinez' hand around Paloma's wrist, keeping her from launching a half-eaten apple in my direction. Boy, does she look mad. I mean, like, really, really mad! *Can she really be jealous that I'm going to see Cecilia this Saturday?*

"She's still in love with you, Max," says Leo. "That's why she went all crazy when you told her about Cecilia."

"But...but...but we *both* agreed to be just friends."

"You're sure about that, Max?"

The principal escorts Paloma out of the lunch room. She turns to look back at me. *Is she crying? Are those tears I see in her eyes?* But she never cries! She's as tough as nails. Nothing ever hurts her.

"I'm telling you, Max, she's in love with you."

"No, she's not. We're just good friends."

We crawl out from under the cafeteria table. "Humm, you sure have been spending a lot of time together the last four months."

"You hang around with Paloma too," I remind him.

"It's not the same."

"How come?"

"Because I'm not the one she's in love with. I mean...are you sure she only wants to be friends? I mean, are you positive?"

—¿Herir sus sentimientos?

—Max, ¡Paloma está enamorada de ti!

—Claro que no —le digo—. Solo somos buenos amigos, eso es todo.

Levanto la mirada y veo al director Martínez, su mano aferrada a la muñeca de Paloma para evitar que me lance una manzana mordida. Híjole, se ve bien enojada. Es decir, ¡muy, pero muy enojada! "¿De veras está celosa porque voy a ver a Cecilia el sábado?"

—Todavía está enamorada de ti, Max —dice Leo—. Por eso se volvió loca cuando le dijiste lo de Cecilia.

—Pero… pero… pero *los dos* acordamos que nada más seríamos amigos.

—¿Estás seguro, Max?

El director escolta a Paloma fuera de la cafetería. Ella voltea para mirarme. "¿Está llorando? ¿Veo lágrimas en sus ojos?" ¡Pero ella nunca llora! Es tan dura que nada la lastima.

—Fíjate bien lo que te digo, Max. Ella está enamorada de ti.

—No es cierto. Solo somos buenos amigos.

—Hmmm… —dice mientras salimos de abajo de la mesa de la cafetería—, ustedes han pasado demasiado tiempo juntos estos últimos cuatro meses.

—Tú también te juntas con Paloma —le recuerdo.

—No es lo mismo.

—¿Por qué?

—Porque yo no soy de quien está enamorada. Es decir… ¿estás seguro que solo quiere que sean amigos? ¿Estás segurísimo?

Am I positive? Paloma and I have become very close. I can't deny that I'm attracted to her. Who wouldn't be? She's beautiful! You'd have to be blind to miss that.

But that's not the only reason. I like spending time with her. I love hanging around with her because we can talk about lucha libre in ways that I just can't with Leo. Yes, I'm still sworn to secrecy by my Tío Rodolfo. So I can't tell Leo that my great uncle is the world famous luchador called the Guardian Angel. Or that my uncle Lalo is El Toro Grande for that matter. But with Paloma, it's different because she is the niece of La Dama Enmascarada. She is linked to lucha libre by blood just like I am. *Lucha libre royalty*, that's what she called us.

Could Paloma have feelings for me? And what about me? Am I starting to have feelings for her that aren't just about being friends too? And then there's Cecilia arriving this weekend. What will happen when I see her? Am I still in love with her? Is she still in love with me, for that matter? Who knew the life of a twelve-year-old could be this darn complicated?

⭐ ¿Que si estoy seguro? Paloma y yo nos hemos vuelto muy cercanos. No puedo negar que me gusta. ¿A quién no? ¡Es muy hermosa! Tendrías que estar ciego para no darte cuenta.

Pero no es la única razón. Me gusta pasar tiempo con ella. Me gusta juntarme con ella porque podemos hablar de lucha libre como no puedo hacerlo con Leo. Sí, todavía guardo el secreto de mi tío Rodolfo. No puedo decirle a Leo que mi tío abuelo es un luchador mundialmente famoso que se llama el Ángel de la Guarda. Ni tampoco que mi tío Lalo es El Toro Grande. Pero con Paloma es diferente porque es la sobrina de La Dama Enmascarada. Igual que a mí, la sangre la une a la lucha libre. Somos de la realeza *luchística*, así lo dijo ella.

¿Será posible que Paloma sienta algo por mí? ¿Y yo qué tal? ¿Será que yo también siento algo por ella más allá de nuestra amistad? Y luego Cecilia viene este fin de semana. ¿Qué pasará cuando yo la vea? ¿Sigo enamorado de ella? ¿Sigue ella enamorada de mí? ¿Quién se podría imaginar que la vida de un chico de doce años fuera tan complicada?

2
FIRST REAL FRIEND I'VE EVER HAD
MI PRIMER AMIGA VERDADERA

"What happened to you in the cafeteria?" I ask Paloma when I catch up to her at the bus stop.

"I don't want to talk about it," she says.

"You threw a plate of enchiladas at me. I think we definitely need to talk about it."

"I'm sorry for losing my temper, okay Max?" she says, grinding her teeth. She stops herself, takes a deep breath.

"But why did you get so mad?"

"Drop it, Max. Can we please just pretend it never happened?"

—¿Qué te pasó en la cafetería? —le pregunto a Paloma después de alcanzarla en la parada del camión.

—No quiero hablar de eso —me dice.

—Me aventaste un plato de enchiladas. Me parece que definitivamente tenemos que hablar de eso.

—Perdón por enojarme, ¿está bien, Max? —dice rechinando los dientes. Se detiene, agarra aire.

—Pero ¿por qué te enojaste tanto?

—Ahí déjalo, Max. ¿Podemos fingir que nunca pasó?

"But you owe me an explanation."

Paloma turns to look at me. At first I think she's going to scream at me, but she doesn't. She closes her eyes and takes another deep breath.

"I'm leaving, Max, okay?"

"Not for a while. Our buses are the last ones to get here."

"You dummy." She rolls her eyes in exasperation. "I'm leaving Rio Grande City!"

"Leaving? What do you mean you're leaving?"

"We're moving back to Hidalgo."

I am left speechless by her revelation. Paloma can't leave! Sure we got off on the wrong foot at first, but now she is one of my best friends. Actually, she's the first REAL friend I've ever had because she's the only one who knows I am the nephew of the Guardian Angel.

"When...when...when do you leave?" There's that darn stuttering thing again! It happens every time I'm nervous.

"Sunday morning. I'm supposed to go register for school in Hidalgo after the break."

Is that why she got so upset about me not being able to be with her this Saturday? Because after this weekend, she'll be gone? I feel a knot forming in my throat.

"Max...I'm glad that we ended up being just friends instead of boyfriend and girlfriend."

—Me debes una explicación.

Paloma voltea a mirarme. Primero pienso que me va a gritar, pero no lo hace. Cierra los ojos y vuelve a respirar profundo.

—Ya me voy, Max, ¿está bien?

—Todavía no. Nuestros camiones son los últimos en llegar.

—Eres un tonto —alza los ojos en señal de frustración—. ¡Me voy de Río Grande City!

—¿Te vas? ¿Cómo que te vas?

—Nos regresamos a Hidalgo.

Me quedo mudo por lo que me acaba de decir. ¡Paloma no se puede ir! Es cierto que empezamos con el pie izquierdo, pero ahora es una de mis mejores amigas. De hecho, es mi primera amiga VERDADERA porque solo ella sabe que soy sobrino del Ángel Guardián.

—¿Cuándo... cuándo... cuándo te vas? —¡ya me volvió a salir lo tartamudo! Pasa siempre que estoy nervioso.

—El domingo en la mañana. Se supone que me tengo que inscribir a una escuela de Hidalgo después de las vacaciones.

¿Sería que se enojó por eso cuando le dije que no podía pasar con ella el próximo sábado? ¿Porque ya no estaría aquí después de este fin de semana? Siento que se me hace un nudo en la garganta.

—Max... me alegra que seamos solo amigos y no novios.

"Huh? Why?"

Why did I ask her that? I spent so much time making sure she understood I wanted us to just be friends and that my heart belonged to Cecilia Cantu. Now I suddenly feel sad that we never got to be more than just friends.

"Because I wouldn't want to lose you, Max."

"Lose me?"

"That's what happens when people fall in love, Max. Don't you know that? They're really happy at first, but then they end up getting in a fight. That one fight turns into two fights, then three, and before you know it, they aren't in love anymore. Sometimes they aren't even friends."

I wonder if that ever happened to Paloma. I don't even know if she's ever had a boyfriend before. Maybe she was hurt in the past and that's why she's so mean to people sometimes, to keep from ever getting hurt again.

"Not always," I tell her. "My mom and dad are still in love with each other and they fight sometimes."

"Well then, you're very lucky. But not all of us are that lucky."

I don't know what to say or do except to keep asking, "So you're glad we ended up being just friends?"

"Are you disappointed, Max?"

"No. No. I'm not disappointed." *Well…maybe a little.*

"Maxi pooh," she says, coming closer. "Don't tell me that you were starting to fall for me?"

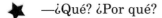 —¿Qué? ¿Por qué?

¿Por qué le pregunté eso? Pasé mucho tiempo asegurándome de que ella entendiera que solo quiero que seamos amigos y que mi corazón le pertenece a Cecilia Cantú. Y de repente me siento triste porque no fuimos más que amigos.

—Porque no me gustaría perderte, Max.

—¿Perderme?

—Eso es lo que pasa cuando la gente se enamora, Max. ¿Qué no lo sabes? Están bien contentos al principio, pero luego se pelean. Y un pleito se convierte en dos pleitos, luego en tres, y cuando menos lo piensas ya no están enamorados. Y algunas veces hasta pierden la amistad.

Me pregunto si eso le pasó a Paloma. Ni siquiera sé si ha tenido novio. A lo mejor fue lastimada en el pasado y por eso a veces es tan mala con la gente. Para evitar que la vuelvan a lastimar.

—No siempre —le digo—. Mi mamá y mi papá siguen enamorados y algunas veces se pelean.

—Pues entonces tienes mucha suerte; pero no todos tenemos buena suerte.

No sé qué decir o hacer excepto seguir preguntando: —¿Así que te da gusto que acabamos siendo solo amigos?

—¿Te decepciona eso, Max?

—No. No. No estoy decepcionado. "Bueno… quizás un poco."

—Maxi pu —dice ella, acercándose—. ¿No me digas que te estabas enamorando de mí?

Maxi pooh, that's the name that only Paloma calls me. It was annoying at first, but now...not so much. Her bus honks as it pulls up to the curve.

"I hope you and Hollywood girl will be happy together with your far, far, far away relationship," she tells me, placing major emphasis on the word *far*. *Hollywood girl*, that's what Paloma calls Cecilia. She steps up onto the bus.

"She's lucky to have you," she says, waving goodbye. "Catch you later, Maxi pooh!"

★ *Maxi pu*, solo Paloma me dice así. Al principio me molestaba, pero ahora... no tanto. Su camión pita mientras se acerca a la curva.

—Espero que tú y la chica Hollywood sean felices juntos con esa relación de lejos, lejos, lejos —me dice, haciendo mayor énfasis en la última palabra *lejos*. *La chica Hollywood*, así le dice Paloma a Cecilia. Se sube al camión.

—¡Que afortunada es ella por tenerte! —dice mientras se despide con la mano—. ¡Nos vemos luego, Maxi pu!

3
MY WORLD FALLS APART
★ ★ ★ ★ ★ ★ ★
MI MUNDO SE DERRUMBA

"You look great, Max," says Cecilia. "You're taller than the last time I saw you."

"You look beautiful," I tell her as we walk along the creek in the city park. I reach over and grab her hand, but something's different. It isn't like she pulls away or anything, but something's changed. I can feel it. I mean, here I am walking with Cecilia Cantu, the girl of my dreams, and yet I find myself thinking of… Paloma? I can't get the fact that Paloma is leaving Rio Grande City out of my head even now. Will I ever see her again?

—Te ves muy bien, Max —dice Cecilia—. Estás más alto que la última vez que te vi.

—Tú te ves hermosa —le digo mientras caminamos siguiendo el arroyo que está cerca del parque de la ciudad. Le tomo la mano, pero algo ha cambiado. No me niega la mano ni nada parecido, pero es distinto. Lo siento. O sea, aquí estoy caminando con Cecilia Cantú, la chica de mis sueños, y sin embargo, me descubro pensando en… ¿Paloma? Ni siquiera en este momento puedo dejar de pensar en que Paloma se va de Río Grande City. ¿Alguna vez la volveré a ver?

"Is everything okay?" Cecilia asks.

"Yeah. Fine. How are things in Hollywood?"

"Great. I've made some really cool friends. There's a girl named Spooky. She's really cool."

"And Mike?" I haven't forgotten about Mike. He's the guy in a photo she posted on Facebook. Seemed to me, he was standing a little too close to her with his hands on her shoulders.

"Yeah. I also met Mike. He's alright."

"Just alright?"

"Yes, Max. Mike's just a friend. So don't go getting all jealous now. I can't stand guys that act all jealous."

"I'm not jealous!" That, of course, is a big fat lie. I am super-jealous of this Mike...guy.

"You shouldn't be jealous." She smiles. "Besides, it's not like you and I are married or anything, Max. We're barely in the sixth grade."

"What's that supposed to mean?"

"Just what I said. That we're barely in the sixth grade. We're both only twelve, Max, and we're hardly ready to get serious."

"Really? Well...what grade is Mike in?"

"Again with Mike." She's annoyed. I should stop, let it go and drop the subject. But I can't.

"Well...what grade is he in?"

"He's an eighth-grader, okay? Are you happy now?" An eighth-grader...Mike is an eighth-grader? How am I supposed to compete with an eighth-grader? "You don't trust me much, do you, Max?"

—¿Todo está bien? —pregunta Cecilia.

—Sí. Bien. ¿Cómo está todo en Hollywood?

—Fantástico. He hecho amigos bien chidos. Hay una chica que se llama Spooky. Bien chida.

—¿Y Mike? —no me he olvidado de Mike. Es el tipo que sale en una foto que ella puso en Facebook. Me pareció que estaba parado un poco demasiado cerca, con sus manos en los hombros de ella.

—Sí, también conocí a Mike. Está bien.

—¿Solo bien?

—Sí, Max. Mike solo es un amigo, así que no te pongas celoso. No soporto a los chicos celosos.

—¡No soy celoso! —eso, por supuesto, es una mentirotota. Estoy súper celoso de este Mike.

—No deberías estar celoso —dice sonriendo—. Además, no es como si tú y yo estuviéramos casados o algo así, Max. Apenas estamos en sexto grado.

—¿Y eso qué se supone que quiere decir?

—Lo que dije, que apenas estamos en el sexto grado. Solo tenemos doce, Max, no estamos preparados para cosas serias.

—¿De veras? Y a todo esto… ¿en qué grado está Mike?

—Dale con Mike —ella ya se molestó. Debería pararle y cambiar de tema. Pero no puedo.

—Y bien… ¿en qué año va?

—Va en el octavo, ¿está bien? ¿Eso te hace feliz? —un chico del octavo grado… ¿Mike está en el octavo? ¿Cómo voy a competir con uno del octavo grado?—. ¿No confías en mí, verdad Max?

"I do trust you!" *It's Mike I don't trust!*

"Maybe my sister is right," says Cecilia.

"Huh?"

"That we're both way too young to be involved in a long-distance relationship."

"What're you saying?"

"I think...I think that maybe we should be just friends for a while."

"Are you breaking up with me?"

"It's not like that, Max. I just think that maybe we need to give each other some...space."

"Space?" I live in Rio Grande City, and she lives in Los Angeles. We are over 1,500 miles apart. That's right, I've done the math! How much space does she need? "It's because of Mike, isn't it?"

"This has nothing to do with Mike. He's just a friend."

"Right."

"Are you calling me a liar?" I think I may have just crossed a line with her.

"I saw the picture of you with him at the pizza place," I tell her. Stop it, Max. Just stop it! You're making things worse. "He had his hands on your shoulders."

"What's that supposed to mean?!"

"You tell me!" I yell back at her without meaning to.

"I never cheated on you if that's what you are implying," she tells me coldly. "Yes, Mike likes me, but I told him that I already have a boyfriend and his name is Max."

—¡Claro que confío en ti! "¡En quien no confío es en ese Mike!"

—Tal vez mi hermana tenga razón —dice Cecilia.

—¿Eh?

—De que estamos demasiado jóvenes para tener una relación a distancia.

—¿Qué quieres decir?

—Creo que... que quizás deberíamos ser solo amigos por un tiempo.

—¿Estás rompiendo conmigo?

—No es así de fácil, Max. Solo pienso que deberíamos darnos un poco de... espacio.

—¿Espacio? —yo vivo en Río Grande City y ella vive en Los Ángeles. Más de 1500 millas nos separan. ¡Así es, ya hice cuentas! ¿Cuánto espacio necesita?—. ¿Es por Mike, verdad?

—Esto no tienen nada que ver con Mike. Es solo un amigo.

—Sí, cómo no.

—¿Me acusas de ser mentirosa? —creo que me pasé de listo con ella.

—Yo vi el retrato de ustedes en una pizzería —le digo. ¡Alto, Max, détente! La estás regando peor—. Él tenía sus manos sobre tus hombros.

—¡¿Y eso que se supone que quiere decir?!

—¡Tú dime! —le grito de regreso sin querer hacerlo.

—Nunca te fui infiel, si eso es lo que tratas de decir —me dice fríamente—. Sí, le gusto a Mike, pero le dije que tenía novio y que su nombre es Max.

Say something, Max! Don't just stand there like a fool. Say something. Tell her that you are sorry!

"Fine! You want to break up? You got it!" Did I really just say that? What am I doing? I know I should tell her that I didn't mean it. Tell her that I am sorry. This anger that I feel bubbling up inside me, I've never experienced anything like this before in my life. I can't control it! I turn to look at Cecilia. She looks like she's ready to cry. "So now you can go back to Hollywood and be Mike's girl, right? That's why you want to break up with me, right?"

"No," she tells me. "This is not what I wanted, Max, and this has nothing to do with Mike!"

"Then why?" I ask. "Why do you want to break up with me?"

"Because I'm not ready for a long-distance relationship. And neither are you."

"I don't want to lose you." I'm fighting back tears. "You... you're the girl of my dreams."

Cecilia starts to cry. What do I do? Then the answer comes to me. It's an answer I don't want to hear, but it's the right thing to do. She is my first love. She is the girl I have been in love with since the fourth grade. The minute she walked into Mrs. Villarreal's class, I couldn't take my eyes off her. I knew she was the one. But I have to let her go. I take her in my arms and whisper to her what I know is a pure lie.

"Everything will be okay, Cecilia...*everything* will be okay."

¡Di algo, Max! No te quedes ahí parado como un tonto. Di algo. ¡Pídele perdón!

—¡Muy bien! ¿Quieres que rompamos? ¡Pues órale! —¿de veras acabo de decirle eso? ¿Qué estoy haciendo? Se que debo decirle que no fue mi intención. Pedirle perdón. Este coraje que siento hirviendo dentro de mí, nunca he sentido nada parecido en toda mi vida. ¡No lo puedo controlar! Volteo para mirar a Cecilia. Parece que va a llorar—. Así que ahora puedes regresar a Hollywood y ser la chica de Mike. Por eso quieres romper conmigo, ¿a poco no?

—No —me dice—. Eso no es lo que quería, Max, ¡y esto no tiene nada que ver con Mike!

—¿Entonces por qué? —pregunto—. ¿Por qué quieres romper conmigo?

—Porque no estoy lista para una relación a distancia. Y tú tampoco lo estás.

—No quiero perderte —trato de no de llorar—. Tú... tú eres la chica de mis sueños.

Cecilia empieza a llorar. ¿Qué debo hacer? Entonces que me llega la respuesta. Es una respuesta que no quiero escuchar, pero es la correcta. Ella es mi primer amor. Ella es la chica de quien he estado enamorado desde el cuarto año. En cuanto ella entró al salón de la señora Villarreal, no podía quitarle los ojos de encima. Sabía que ella era la mera mera. Pero debo dejarla ir. La abrazo y le digo al oído algo que sé que es pura mentira.

—Todo estará bien, Cecilia... *todo* estará bien.

4
YOU'RE JINXED!
★ ★ ★ ★ ★ ★ ★
¡ESTÁS SALADO!

"You had two of the most beautiful girls who ever walked the halls of Solis Junior High in love with you. And you lost them both!" says Leo in disbelief. "You're jinxed!"

"I am *not* jinxed!" Leo might be trying to cheer me up, but he's doing a horrible job of it. I still can't believe it myself. I lost the girl of my dreams, Cecilia Cantu, and now Paloma is gone too.

"How else can you explain it? First Cecilia Cantu likes you, and she moves to Hollywood. Then Paloma Escobedo likes you, and she moves to Hidalgo. Two beautiful girls in a row, and they both move away? That's too much of a coincidence."

—Estaban enamoradas de ti las dos chicas más hermosas que han caminado por los pasillos de la Solís Junior High. ¡Y las perdiste a las dos! —dice Leo, incrédulo—. ¡Estás bien salado!

—¡*No estoy* salado! —parece que Leo trata de contentarme, pero la está regando. Ni siquiera yo puedo creerlo. Perdí a la chica de mis sueños, Cecilia Cantú, y ahora también se ha ido Paloma.

—¿De qué otra manera puedes explicarlo? Primero le gustas a Cecilia Cantú y se va a Hollywood. Luego le gustas a Paloma Escobedo y se va a Hidalgo. Dos chicas hermosas seguiditas, ¿y las dos se van? Es mucho para ser coincidencia.

"It's just a coincidence, that's all."

"So now what? Cecilia dumps you, and Paloma leaves town. Who's gonna be your next girlfriend?"

I'm really annoyed. "It's not a game, you know. I really loved Cecilia, and I really cared about Paloma."

"Ok, I'm sorry," says Leo, "I didn't mean to make you feel bad. I was just trying to cheer you up."

"I know that." I shouldn't be so hard on Leo. It's not his fault. He doesn't have much experience in dealing with matters of the heart. Neither of us does. Where's Vampire Velasquez when I need him? With his nine marriages and equal number of divorces, I bet he could give me some advice on how to mend a broken heart. "I'll see you tomorrow," I say and head inside the house. My sister Rita's sitting at the kitchen table writing in her journal.

"Have you heard?" she says.

"What?"

"Tío Lalo and Rodolfo are coming back tomorrow."

"Both of them? Why so early? Christmas isn't till next week. Aren't they supposed to still be touring in Japan?"

"I knew this would happen!" I can hear Mom yelling at Dad in the other room. "I told Rodolfo it would happen too...I told him!"

"What happened?" I ask Rita.

—Sí es coincidencia, eso es todo.

—¿Y ahora qué? Cecilia te manda a volar y Paloma deja la ciudad. ¿Ahora quién será tu siguiente novia?

Me está molestando. —No es un juego, ¿sabes? De veras quería a Cecilia, y de veras sentía algo por Paloma.

—Está bien, lo siento —dice Leo—. No quería hacerte sentir mal. Solo quería contentarte.

—Ya lo sé —no debería ser tan duro con Leo. No es su culpa. Él no tiene mucha experiencia en asuntos del corazón. Yo tampoco. ¿Dónde está el Vampiro Velásquez cuando lo necesito? Con sus nueve matrimonios e igual número de divorcios, de seguro podría darme consejos para arreglar mi corazón roto—. Te veo mañana —entro a mi casa. Mi hermana Rita está sentada frente a la mesa de la cocina, escribiendo en su diario.

—¿Ya supiste? —pregunta.

—¿Qué?

—Los tíos Lalo y Rodolfo regresan mañana.

—¿Los dos? ¿Por qué tan pronto? Navidad es hasta la semana que entra. ¿No se supone que todavía andan de gira en Japón?

—¡Ya sabía que esto iba a pasar! —escucho a Mamá gritándole a Papá en el otro cuarto—. Le dije a Rodolfo que esto iba a pasar... ¡Se lo dije!

—¿Qué pasó? —le pregunto a Rita.

"Lalo broke his leg in a match."

"His leg? How serious is it?"

"Broken femur. He's in a cast."

Wow...a broken leg. Mom is going to kill Tío Rodolfo!

—Lalo se rompió una pierna durante una lucha.

—¿Su pierna? ¿Qué tan gacho?

—Tiene el fémur roto. Lo trae enyesado.

Guau… una pierna rota. ¡Mamá va a matar a mi tío Rodolfo!

5

TÍO LALO'S NOT SO TRIUMPHANT RETURN
★ ★ ★ ★ ★ ★ ★
EL REGRESO NADA TRIUNFANTE DEL TÍO LALO

"I told you it would happen," my mom screams at Tío Rodolfo. Tío Rodolfo is the world famous luchador called the Guardian Angel, but we are sworn to secrecy. No one knows but us. "Didn't I tell you it would happen?"

"Does it hurt a lot?" I ask Lalo. A cast covers part of his right leg.

"A little." He grimaces.

"And it's entirely *all* your fault," says my mom, still pointing an accusing finger at Tío Rodolfo.

—Te dije que iba a pasar —le grita mi mamá a mi tío Rodolfo. Mi tío Rodolfo es un luchador mundialmente famoso que se llama el Ángel de la Guarda; pero hemos jurado guardar el secreto. Nadie más lo sabe—. ¿No te dije que iba a pasar?

—¿Duele mucho? —le pregunto a Lalo. Parte de su pierna derecha está enyesada.

—Un poquito —hace una mueca.

—Y es *todo* por tu culpa —dice mi mamá, todavía señalando al tío Rodolfo con un dedo acusador.

"It's not his fault," says Lalo. "It was my idea to jump off the top of the steel cage."

"If anybody is to blame, it's actually me," says Vampire Velasquez. He'd flown back with them from Japan. "I spent the night before filling his head with tales of my classic matches. I told him about my 1986 leap off a 15-foot steel cage." Vampiro raises his arms in the air as if recreating the actual leap. "I still remember it like it was only yesterday—" he begins. But a mean glance from my mother makes him stop in mid-sentence. "I was very foolish in my younger days," he finishes.

"It's nobody's fault," says Lalo again. "It was all my idea, nobody else's."

"At least you'll be home for awhile," says Lalo's wife Marisol. She's seven months pregnant.

"But what will you live off?" says my mother. "He needs to be working, especially now that the baby will be here soon.

"He will work," says Tío Rodolfo.

"You're going to force him to wrestle with a broken leg?!" screams Mom. "You...you're a monster, Rodolfo!"

"Lalo, please tell her," says Tío Rodolfo. "Tell her before she kills me." He isn't kidding. Mom's about ready to grab him in a choke hold and strangle the life out of him!

"I'm retiring as a luchador," says Lalo.

"You're what?" asks Marisol.

"Yes, I'm retiring as a luchador. But that doesn't mean that I am leaving lucha libre."

—No es su culpa —dice Lalo—. Fue mi idea la de brincar de arriba de la jaula de hierro.

—Es a mí a quien deberían culpar —dice el Vampiro Velásquez. Él había regresado con ellos de Japón—. Pasé la noche anterior contándole historias de mis luchas famosas. Le conté que en 1986 brinqué de una jaula de hierro de 15 pies. —el Vampiro alza sus brazos al aire como recreando aquel salto—. Lo recuerdo como si hubiera sido ayer —empieza a decir. Pero la mirada llena de coraje de mi mamá lo hace detenerse a mitad de la oración—. Fui muy tonto cuando era joven —termina diciendo.

—De nadie es la culpa —dice Lalo otra vez—. Fue mi idea y de nadie más.

—Por lo menos vas a estar en casa por un tiempo —dice Marisol, la esposa de Lalo. Tiene siete meses de embarazo.

—Pero ¿de qué vas a vivir? —dice mi mamá—. Necesita trabajar, especialmente ahora que viene el bebé en camino.

—Va a trabajar —dice mi tío Rodolfo.

—¡¿Lo vas a obligar a que luche con una pierna rota?! —grita Mamá—. ¡Eres... eres un monstruo, Rodolfo!

—Lalo, por favor explícale —dice mi tío Rodolfo—. Dile antes de que me mate —y no está exagerando. ¡Mamá está a punto de agarrarlo del cuello para estrangularlo!

—Me voy a retirar de luchador —dice Lalo.

—¿Vas a qué? —pregunta Marisol.

—Sí, ya no voy a ser luchador. Pero eso no quiere decir que voy a dejar la lucha libre.

"I don't get it."

"I'm going to become a lucha libre writer."

"I never heard of such a thing," Mom says.

"I'm going to write and develop storylines for the matches."

"You mean like write books? Your family will starve!"

"No, they won't," says Lalo, grimacing as he adjusts his broken leg resting on the chair. "Lucha libre promoter Don Salvador has already hired me." Don Salvador is one of the biggest promoters in the world. "I got to know him while I was touring in Japan," says Lalo. "He really liked my ideas."

"Lalo has some really great ideas too," says Tío Rodolfo. "He has a knack for coming up with storylines that are truly innovative and off the wall. Don Salvador was so impressed that he offered to take Lalo under his wing and train him."

"I'll be home a lot more," says Lalo. "I'll still have to travel, but not nearly as much as I have been. Plus the pay'll be very good."

"That's...that's wonderful," says Marisol. "It's the best Christmas present I could ask for."

But Mom is still eyeing Tío Rodolfo suspiciously. "Are you responsible for this?" I hear her whisper in his ear. "Did you get Lalo this job?"

—No entiendo.

—Voy a ser escritor de lucha libre.

—¿Y eso con qué se come? —dice Mamá.

—Voy a escribir y desarrollar historias para las peleas.

—¿O sea como escribir libros? ¡Tu familia se va a morir de hambre!

—Eso no va a pasar —dice Lalo, haciendo una mueca mientras reacomoda su pierna rota que está descansando en una silla—. Ya hasta me contrató Don Salvador, el promotor de lucha libre —Don Salvador es uno de los más grandes promotores del mundo—. Lo conocí cuando andábamos de gira en Japón —dice Lalo—. Le gustaron mucho mis ideas.

—Lalo tiene varias ideas muy buenas —dice mi tío Rodolfo—. Se le ocurren ideas que son muy originales y fuera de serie. Don Salvador estaba tan impresionado que ofreció ayudar a Lalo y entrenarlo.

—Además, voy a estar en casa más tiempo —dice Lalo—. Y todavía tendría que viajar pero no tanto como ahora. Y el pago es bastante bueno.

—Eso es… eso es maravilloso —dice Marisol—. Es el mejor regalo de navidad que podrían darme.

Pero Mamá todavía tiene sospechas del tío Rodolfo. —¿Tú eres el responsable de esto? —escucho que ella le susurra al oído—. ¿Tú le conseguiste este trabajo a Lalo?

"All I did was suggest it to Don Salvador," I hear Tío Rodolfo whisper back. "It was Lalo who talked him into it. He really is quite good at coming up with ideas for lucha libre storylines. He has some genuinely great ideas."

He blinked his eyes several times as if to confirm this very fact.

"I thought Mom was going to kill you," I tell Tío Rodolfo.

"You and me both." He smiles.

"So what happens now?" I ask.

"What happens now is that Lalo and I will be stripped of the world tag team titles."

"But that's so unfair!"

"Those are the rules, Max," says Tío Rodolfo. "In the event that tag team champions are unable to defend their world titles for more than thirty days, they will be stripped of those titles and a tournament set up to crown the new champions."

"So, when will that tournament take place?"

"During the Big Brawl in Los Angeles."

"Wow! I sure wish I could go to that."

"It's during spring break. Maybe your mom will let you go with me."

"I wish. But you know how Mom is."

"Let me take care of your mom."

"You really think you can convince her?"

★ —Todo lo que hice fue sugerírselo a don Salvador —escucho que mi tío Rodolfo le murmura de regreso—. Fue Lalo quien lo convenció. Es bastante bueno para inventar ideas para historias de lucha libre. Tiene unas ideas maravillosas.

Y parpadeó varias veces como para confirmar este hecho.

—Pensé que Mamá te iba a matar —le digo a mi tío Rodolfo.

—Los dos pensamos lo mismo —dice sonriendo.

—¿Y ahora qué pasa? —le pregunto.

—Lo que pasa ahora es que nos van a quitar el campeonato de lucha de relevos a Lalo y a mí.

—¡Pero eso no es justo!

—Son las reglas, Max —dice mi tío Rodolfo—. En el caso de que unos relevos no puedan defender sus títulos de campeonato mundial por más de treinta días, se les retirarán esos títulos y se organizará un nuevo torneo para coronar a nuevos campeones.

—¿Y cuándo será ese torneo?

—Durante un evento llamado La Gran Bronca en Los Ángeles.

—¡Guau! Me gustaría ir.

—Es durante las vacaciones de primavera, quién quita y tu mamá te deje ir conmigo.

—Ojalá. Pero ya conoces a Mamá.

—Yo me encargo de tu mamá.

—¿De veras crees que la puedes convencer?

"If he can't, I will," says Vampire Velasquez, joining in on the conversation. "I do have a way of charming the ladies, after all. Besides, I wouldn't want you to miss my triumphant return to the ring."

"You're going to wrestle again, Vampiro?"

"For as long as my knees can hold out. Let's see if this old vampire still has some bite left in him."

Wow...the return of el Vampiro Velasquez to the ring. I wouldn't miss that for the world!

—Si él no puede, yo lo haré —dice el Vampiro Velásquez, juntándose a nuestra conversación—. Después de todo, es bien conocido que tengo una forma especial de encantar a las damas. Además, no quisiera que te perdieras mi triunfal regreso al ring.

—¿Vas a luchar de nuevo, Vampiro?

—Mientras aguanten mis rodillas. Vamos a ver si este viejo vampiro todavía tiene una buena mordida.

Guau... el regreso al ring del Vampiro Velásquez. ¡No me lo perdería por nada del mundo!

6
MERRY CHRISTMAS
★ ★ ★ ★ ★ ★ ★
FELIZ NAVIDAD

"Feliz Navidad," says Tío Rodolfo. He starts passing gifts around.

"These look expensive," says my mom. She finishes unwrapping her gift. It's a brand new pair of red shoes. Not the cheap kind she usually buys either. "It's too much money, Rodolfo."

"What good is money if you can't spend it on family?"

Tío Rodolfo's gifts all look super expensive. There's a leather jacket for my sister Rita, the kind worn by a band she likes, an electronic game system for little Robert, brand new leather cowboy boots for my dad—the pointed metal tip kind too. The list goes on and on.

—Feliz Navidad —dice mi tío Rodolfo. Empieza a repartir los regalos.

—Esto se ve caro —dice mi mamá. Termina de desenvolver su regalo; es un par de zapatos nuevos, no chafas como los que ella usa—. Gastaste demasiado, Rodolfo.

—¿De qué me sirve el dinero si no lo puedo gastar en la familia?

Todos los regalos del tío Rodolfo se ven súper caros. Hay una chamarra de piel para mi hermana Rita, como la que usa la banda que le gusta; un sistema de juegos electrónicos para Robertito; botas nuevas de vaquero para mi papá, de las que tienen punta de metal. Y muchos más.

My mom continues to voice her opinion that the gifts are way too expensive. "You're not Santa Claus, you know," she tells Tío Rodolfo.

"I know that," he says. "It's just that it's been so long since I've had a real family to buy Christmas presents for. I forgot how much fun Christmas shopping could be. Just think of me as your own personal lucha libre Santa."

"Having you alive and well and with us this Christmas is gift enough," says Mom as she gives Tío Rodolfo a hug. He gives her a big hug back.

"This is for you, Max," he says, recovering from my mom's squeeze. He hands me a present.

I push the flaps open and pull out a Guardian Angel mask. Another Guardian Angel mask? It's a nice gift, but I already have two of them.

"It's not just another Guardian Angel mask," says Tío Rodolfo. "It's THE Guardian Angel mask. It's the first mask I ever wore. It's the original."

"Wow!" I'm speechless. This is the mask that started it all. People would pay lots of money for what I'm holding in my hands right now, and Tío Rodolfo is giving it to me as a gift!

Mi mamá sigue opinando que los regalos son muy caros.

—No eres Santa Claus, ¿sabes? —le dice a mi tío Rodolfo.

—Ya lo sé —responde—. Es que ha pasado mucho tiempo desde que tuve una familia para comprarle regalos. Había olvidado lo divertido que era hacer compras navideñas. Piensen que soy su propio Santa de la lucha libre.

—Que estés bien de salud y acompañándonos esta navidad es bastante regalo para nosotros —dice mi mamá mientras le da un abrazo a mi tío Rodolfo. Él también le da un abrazo.

—Esto es para ti, Max —dice mi tío recuperándose del apretón de Mamá. Me entrega el regalo.

Abro la caja y saco una máscara del Ángel Guardián. ¿Otra máscara del Ángel Guardián? Es un bonito regalo, pero ya tengo otras dos.

—No es otra máscara del Ángel Guardián —dice mi tío Rodolfo—. Es LA máscara del Ángel Guardián, la primera máscara que usé. La original.

—¡Guau! —me quedo sin palabras. Esta es la máscara que lo comenzó todo, la gente pagaría mucho dinero por lo que sostengo ahora entre las manos, ¡y el tío Rodolfo me la está regalando!

I stare at the mask and flash back to the first time that I ever saw the Guardian Angel. I was watching television when I came across one of his lucha libre movies that pitted him against a luchador named El Diablo Rojo—the Red Devil. The minute I saw the Guardian Angel I knew there was something special about him. I felt a connection with him as his eyes stared out at me from the television screen.

The Guardian Angel was wearing a red cloak. When El Diablo Rojo saw it, he snorted wildly like the possessed monster that he was. He lowered his head, pointed his horns and charged at the great hero. The Guardian Angel showed no fear whatsoever. The daring hero unfastened and removed his red cloak, dangled it in front of El Diablo Rojo, taunting him to strike.

"Olé!" the crowd cried every time the Guardian Angel avoided the horned thrusts of El Diablo Rojo. The possessed luchador was filled with rage. He couldn't take down the masked hero. He charged at him blindly. The Guardian Angel stood his ground, flipped his cape over and revealed the embroidered golden image of the cross. The rudo stopped cold in his tracks and dropped down to his knees cowering in fear. He shielded his eyes from the symbol of supreme heavenly authority!

"There's one more gift inside the box," says Tío Rodolfo.

I reach in and pull out a white envelope. There's a wrestling ticket inside. "It's a front row ticket to the Big Brawl in Los Angeles complete with backstage passes!"

"All expenses paid," adds Tío Rodolfo.

Veo la máscara y retrocedo en el tiempo a la primera vez que miré al Ángel Guardián. Estaba viendo la televisión cuando me encontré con una de sus películas en la que luchaba contra el Diablo Rojo. Desde ese momento supe que había algo especial en el Ángel Guardián. Sentí una conexión con él cuando sus ojos me miraron a través de la pantalla de la televisión.

El Ángel Guardián usaba una capa roja que hacía resoplar salvajemente al Diablo Rojo, como un monstruo poseído, cada vez que la miraba. Bajó su cabeza, apunto sus cuernos y se lazó contra el gran héroe. El Ángel Guardián no mostró temor alguno. El intrépido héroe desamarró y se quitó la capa roja para mostrársela al Diablo Rojo y retarlo a que se acercara.

"¡Ole!", gritaba la multitud cada vez que el Ángel Guardián evitaba los cuernos del Diablo Rojo. El poseído luchador estaba enfurecido. No podía vencer al héroe enmascarado. Se le echaba encima sin mirarlo. El Ángel Guardián se mantuvo firme, volteó su capa para revelar la imagen bordada de una cruz de oro. El rudo se detuvo en seco y cayó de rodillas, achicándose de miedo. ¡Cubría sus ojos para no ver ese símbolo de suprema autoridad celestial!

—Hay otro regalo en la caja —dice el tío Rodolfo.

Meto la mano y saco un sobre blanco. Adentro había un boleto.

—¡Es un boleto de primera fila para La Gran Bronca en Los Ángeles con pase para acceso a los camerinos!

—Y gastos pagados —agrega mi tío Rodolfo.

"You want Max to go all the way to Los Angeles by himself?" fusses my mom.

"Not by himself," says Tío Rodolfo. "He'll be with Lalo and me the whole time."

"Lalo's hurt," says Mom.

"My leg will be healed enough for me to travel by then," says Lalo. "Besides, I have to be there. The tag team title tournament at Super Brawl is my idea."

"I don't like the idea of Max flying on a plane," says Mom.

"I'm not a baby," I begin, but stop when Tío Lalo signals for me to keep my mouth shut.

"It's not just any plane he'll be flying in," says Tío Rodolfo. "It's my private plane."

"Your private plane? You own a plane...an entire plane?"

"It's just one," says Tío Rodolfo.

"What?" My mom can't believe what she's hearing. "Just how rich are you?"

"I'm the most famous luchador in the world," says Tío Rodolfo.

"That's what you keep telling us," says my mom. "Next you'll be telling me you have an image of yourself painted on the plane, right?"

"Well..."

"You do, don't you?

—¿Quieres que Max vaya solo hasta Los Ángeles —protesta mi mamá.

—Sólo no —dice el tío Rodolfo—. Estará con Lalo y conmigo todo el tiempo.

—Lalo está lastimado —dice Mamá.

—Para entonces mi pierna va a estar bien para viajar —dice Lalo—. Además, tengo que estar ahí. La lucha por el campeonato de relevos de La Gran Bronca fue mi idea.

—No me gusta que Max vuele en un avión —dice Mamá.

—No soy un bebé —empiezo a decirle, pero me detengo cuando el tío Lalo señala que me calle la boca.

—Y no será cualquier avión —dice el tío Rodolfo—. Es mi avión privado.

—¿Avión privado? ¿Tu propio avión? ¿Todo un avión?

—Solo es uno —dice el tío Rodolfo.

—¿Que qué? —mi mamá no puede creer lo que escucha—. Pues, ¿qué tan rico eres?

—Soy el luchador más famoso del mundo —dice el tío Rodolfo.

—Eso es lo que nos has dicho —dice mi mamá—. De seguro me vas a decir que hay una imagen tuya pintada en el avión, ¿verdad?

—Pues...

—¿De veras?

"He can go," says my dad. He's got his new leather cowboy boots on. Mom shoots him the death stare. "Max is a great kid," Dad tells her. "He has good grades at school, and he doesn't get in trouble...much. He deserves to go. Plus you'll be with your uncles Lalo and Rodolfo the whole time, right?" He looks right at me.

"Yes sir!"

"Then he can go," says Dad. Argument's over.

My mom doesn't look too pleased with my dad, but she doesn't say anything. Instead she turns to address both Tío Rodolfo and Lalo. "You two better take care of my little boy," she warns grimly. "If you don't, I swear I will personally put you both six feet under."

"I'm the Guardian Angel, remember? I'll keep him safe."

"I don't care if you're the Guardian Angel or not," says Mom. "I'll break you in two, Rodolfo. Do you hear me? If Max comes back with so much as a scratch on him, I swear that I'll break you in two!"

"He'll be fine," says my dad. "You can trust Rodolfo to keep Max safe. Don't you remember how he kept us safe back when we were kids? He saved our lives, in fact."

"What happened, Tío?" asks Rita.

"You're not talking about el Diablo, are you, Ventura?" asks Tío Rodolfo.

What does the devil have to do with Tío Rodolfo saving the lives of my mom and dad?

"The very one," says Dad.

—Que vaya —dice mi papá. Lleva puestas sus botas de vaquero. Mamá le echa la mirada mortal—. Max es un gran chico —continúa—. Saca buenas calificaciones en la escuela, y no se mete en problemas… casi. Se merece ir. Además estará con sus tíos Lalo y Rodolfo todo el tiempo, ¿verdad? —la pregunta es para mí.

—¡Sí, señor!

—Entonces puede ir —dice Papá. Y se acabó la discusión.

Mi mamá no está muy contenta con mi papá, pero no dice nada. En lugar de ello, se voltea para hablar con los tíos Rodolfo y Lalo.

—Más vale que cuiden bien a mi niñito —les amenaza con seriedad—. De lo contrario, juro que yo misma los pongo seis pies bajo tierra.

—Acuérdate que soy el Ángel Guardián. Yo lo protegeré.

—No me importa si eres o no el Ángel Guardián —dice Mamá—. Te parto en dos, Rodolfo. ¿Me escuchas? Si Max regresa con un rasguño, ¡te juro que te parto en dos!

—Estará bien —dice mi papá—. Puedes confiar en que Rodolfo cuidará de Max. ¿No te acuerdas cómo nos protegió cuando éramos niños? De hecho, nos salvó la vida.

—¿Cómo fue, tío? —pregunta Rita.

—Ventura, no me digas que te refieres al Diablo —dice el tío Rodolfo.

¿Qué tiene que ver el diablo con que mi tío Rodolfo les haya salvado la vida?

—De ese mero —dice Papá.

"Please don't remind me about el Diablo," says Tío Rodolfo shaking his head. "It's embarrassing."

"What happened?" I ask.

"What happened is that your Tío Rodolfo here saved not only my life, but your mother's life, as well."

"He did?" asks Little Robert.

"Your dad is exaggerating a lot, Little Robert," says Tío Rodolfo. "El Diablo was old."

"Old, my foot," says Mom suddenly. "El Diablo might have been long on the tooth, but he was a monster, a real killer! Let me tell you the story. Do you all want to hear it?"

"Yes!" Darn tooting right we want to hear about how the pre-Guardian Angel not only beat el Diablo, but saved my mom and dad too!

—Ni me recuerdes del Diablo —dice el tío Rodolfo, sacudiendo la cabeza. Me da pena.

—¿Qué pasó? —pregunto.

—Lo que pasó es que tu tío Rodolfo me salvó la vida y también la de tu mamá.

—¿De veras? —pregunta Robertito.

—Tu papá exagera, Robertito —dice el tío Rodolfo—. El Diablo estaba bien viejo.

—Viejos los cerros —dice Mamá de repente—. El Diablo habrá estado ruco, pero eso no le quita que fuera un monstruo, ¡un asesino de verdad! Déjenme contarles la historia. ¿La quieren escuchar?

—¡Sí! —Segurolas que queremos escuchar cómo fue que el pre-Ángel Guardián no sólo venció al Diablo, sino que también les salvó la vida a mi mamá y a mi papá.

7
THE STORY OF EL DIABLO
★ ★ ★ ★ ★ ★ ★
LA HISTORIA DEL DIABLO

This happened back when your father and I were just about to become teenagers.

"Do you see Tío Rodolfo yet, Braulia?" my mother asked me that day. I was standing on the bed of my family's old pickup truck.

"I don't see him yet," I told her.

"Are you sure?" Mom asked me again as she loaded a new cartridge into her instant Polaroid camera. "Maybe you're just missing him in the crowd?"

Esto pasó cuando Papá y yo estábamos por cumplir los 13 años.

—¿Ves al tío Rodolfo, Braulia? —preguntó mi mamá ese día. Yo estaba parada en la caja del viejo pickup de la familia.

—No lo veo —contesté.

—¿Estás segura? —preguntó Mamá de nuevo mientras le ponía otro cartucho a la cámara Polaroid instantánea—. A lo mejor no lo puedes ver entre tanta gente.

"This is Tío Rodolfo we're talking about, Mom," I told her. He's way too big to get lost in a crowd. Tio Rodolfo was over six feet tall, completely handsome. It would be hard to miss him in any crowd. A big football hero at school, Rodolfo would for sure be on one of the parade floats celebrating the start of football season.

"This parade is boring," said Ventura, the boy who was standing next to me on the bed of the pickup truck. He's the son of Mom's friend Josefina. They used to live in Dallas, but had recently moved back to Rio Grande City. He thought everything in Rio Grande City was boring. "Why do we have to stay in the truck with our moms?" he asked me.

"Because we're kids," I told him.

"They aren't going to let us do anything fun."

Ventura's ideas of fun used to get him in trouble back in Dallas. At least that was what my mother said.

"There he is," said Ventura, pointing at Tío Rodolfo. He was tossing autographed footballs to the crowd. He wore a red jacket with its sleeves cut off and sported a red charro hat. That was Rodolfo—always had to look different from everybody else. He tossed out candies to the kids and blew kisses to the pretty girls that were screaming out his name. Tío Rodolfo's always been a bit of a show off.

"You know," Ventura told my mother, "if you let Braulia borrow your camera, she can go all the way to the front of the parade and take closer pictures of Rodolfo."

★ —¿Qué no hablamos del tío Rodolfo? —le pregunté. Era demasiado grande para perderse entre la multitud. Medía más de seis pies de altura, guapísimo; era muy difícil no verlo. Como era un gran héroe de futbol en la escuela, de seguro Rodolfo estaba en uno de los carros alegóricos que celebraban el comienzo de la temporada de futbol.

—El desfile es aburrido —dijo Ventura, el muchacho que estaba parado junto a mí en la cama del pickup. Era el hijo de Josefina, la amiga de Mamá. Vivían en Dallas pero se habían mudado recientemente a Río Grande City. A Ventura todo en Río Grande City le parecía aburrido—. ¿Por qué nos tenemos que quedar en el pickup con nuestras mamás? —me preguntó.

—Porque somos niños —le dije.

—No nos van a dejar hacer cosas divertidas.

Lo que Ventura llamaba divertido lo metía en problemas cuando vivía en Dallas. Al menos eso fue lo que me había dicho mi mamá.

—Ahí está —dijo Ventura, señalando hacia el tío Rodolfo, quien lanzaba balones de futbol autografiados a la gente. Traía puesta una chamarra roja con las mangas recortadas y un sombrero rojo de charro. Así era Rodolfo, siempre se tenía que ver distinto a los demás. Tiraba dulces a los niños y soplaba besos a las muchachas bonitas que gritaban su nombre. El tío Rodolfo siempre ha sido un poco presumido.

—Sabe qué —le dijo Ventura a mi mamá—, si le presta la cámara a Braulia, ella puede ir hasta el frente del desfile para tomar fotos de cerca a Rodolfo.

My mom thought this over for a minute. "That's a good idea, Ventura," she said finally. She handed me the camera. Ventura and I made our way to the front of the crowd and started snapping pictures of Tío Rodolfo as he flexed his muscles for the crowd.

"Wow, that's one big bull," said Ventura when he noticed the caged animal riding in a metal cage on one of the parade floats. "Diablo's Livestock and Slaughterhouse," he said out loud as he read the name on the banner on the float. "IT'S WHERE THE BEEF IS."

Ventura was right. That bull was big!

"Meet El Diablo," blasted the driver from the float's speakers. "In his youth, El Diablo was a prized bull that no matador was ever brave enough to face in the arena!"

El Diablo seemed annoyed by the loud speakers. He lowered his head and rammed his horns against the bars of his cage.

CLANK!

"Have no fear," the float driver assured the crowd. "In his heyday, el Diablo was a real terror, but today he's just an old bull. Not that there's anything old about the meat that is sold at Diablo's Livestock and Slaughter House. We always have the freshest meats and the best cuts!"

"Check this out," Ventura said. He grabbed the camera from me and ran over to jump on the float carrying el Diablo. "Smile," he said and started taking Polaroids of the bull. With each flash of the camera, though, the old bull got more and more agitated.

Mi mamá lo pensó un minuto. —Qué buena idea, Ventura —dijo finalmente. Me dio la cámara. Ventura y yo abrimos paso hasta ponernos enfrente de la gente, tomamos fotos del tío Rodolfo mientras flexionaba sus músculos para la multitud.

—Híjole, que toro tan grandote —dijo Ventura cuando vio al animal metido en una jaula de metal sobre uno de los carros alegóricos.

—Ganadería y Rastro El Diablo —leyó en voz alta el anuncio que llevaba el carro alegórico—, DONDE ESTÁ LA CARNE.

Ventura tenía razón, ¡era un torote!

"Conozcan al Diablo", decía una voz que gritaba desde unas bocinas en el carro alegórico. "¡Durante su juventud, fue un toro famoso y ningún torero se atrevía a enfrentarlo en una corrida!"

Al Diablo parecía que le molestaba el ruido que salía de las bocinas. Bajaba la cabeza y golpeaba las rejas de la jaula con sus cuernos.

¡CLANC!

"No hay por qué temer", decía el chofer del carro alegórico. "En sus tiempos, el Diablo era terrorífico, ahora solo es un toro viejo. Pero nada de vieja tiene la carne que vendemos en la " 'Ganadería y Rastro El Diablo'. ¡Tenemos la carne más fresca y los mejores cortes!"

—Checa esto —dijo Ventura. Me quitó la cámara y corrió para montarse en el carro donde estaba el Diablo—. Sonríe —le dijo al toro mientras le tomaba Polaroids. Con cada flash de la cámara, la bestia se enojaba más y más.

"Stop it," I yelled at him. The float's driver began to yell at Ventura through the loudspeakers, telling him to stop. But Ventura wasn't listening. That's when it happened: el Diablo rammed the cage hard with his horns and knocked the door off its hinges!

Holy moly, El Diablo was suddenly free! The sight of him escaping from his cage sent everybody running for their lives!

"Braulia," screamed Ventura. He was looking for me among all the people. The crowd was going nuts.

"I'm over here," I yelled back.

"Grab my hand. I'll save you," he said. Which was kind of ironic given that he was the one who put me in danger in the first place! Still...having Ventura hold my hand made me feel really funny, as if butterflies were suddenly fluttering in my stomach. No boy had ever held my hand before! For the first time, I noticed that he was kind of handsome—in a bad-boy sort of way.

But that's right when we both heard snorting sounds behind us. We turned—slowly!—to see el Diablo staring right at us, and... getting ready to charge! Ventura threw himself in front of me to shield me from el Diablo. But just then, we caught sight of a figure leaping and landing right on top of el Diablo.

—Para —le grité. El chofer del carro empezó a gritarle a Ventura por la bocinas, diciéndole que no hiciera eso. Pero él no quería escuchar. Entonces fue que sucedió: el Diablo empujó con fuerza las rejas de la jaula y ¡botó la puerta de sus bisagras!

¡Santa Cachucha, el Diablo estaba libre! ¡Todo mundo a correr por sus vidas!

—Braulia —gritó Ventura. Me buscaba entre toda la gente. La multitud estaba enloquecida.

—Acá estoy —le grité.

—Agárrame la mano, yo te salvo —dijo, lo cual era irónico tomando en cuenta !que él había sido quien me había puesto en peligro! Aún así... el hecho de que Ventura me tomara de la mano me hizo sentir algo bien chistoso, como si la panza se me llenara de mariposas. ¡Ningún chico me había agarrado la mano! Por primera vez me pareció atractivo, guapo como un rebelde sin causa.

Pero entonces fue que ambos escuchamos unos bufidos atrás de nosotros. Volteamos —¡despacito!— para encontrarnos con el Diablo mirándonos fijamente... ¡listo para atacarnos! Ventura se arrojó enfrente de mí para protegerme; pero, justo entonces, vimos una figura que se lanzaba encima del Diablo.

It was Tío Rodolfo! He grabbed hold of el Diablo's horns and twisted and pulled them, trying to force the wild beast down to the ground. El Diablo wasn't going to go down that easy though. He bucked wildly as he tried to knock my uncle off his back. In an incredible show of his massive strength, Tío Rodolfo put el Diablo in a vise-like hold! His muscular arms bulging, he steered the beast left and right, pulling on its horns. Even so, El Diablo finally managed to throw Tío Rodolfo off and began charging him.

"Get out of the way," the crowd screamed at Tío Rodolfo. But he didn't get out of the way. Instead he took off his red jacket and just stood there, taunting the old bull with it. El Diablo charged faster and faster, but Tío Rodolfo still didn't move.

Then, just as the bull was about to gore him, Tío Rodolfo jumped out of the way and sent the old bull crashing head first into a fire hydrant! The impact tore the fire hydrant off the concrete floor—a gusher of water shot straight up into the air. The bull was still standing but he was very groggy. Slowly he turned to face Tío Rodolfo. He took one...two...three steps in his direction, then collapsed at Tío Rodolfo's feet—unconscious!

"Tío Rodolfo beat el Diablo!" I heard Ventura call out. That's when I realized that he was still holding my hand. Those darn butterflies in my stomach...they start acting up again!

And the rest is history.

★ ¡Era el tío Rodolfo! Agarraba los cuernos del Diablo, jalándolos y torciéndolos, tratando de tumbar a la bestia salvaje. Pero el Diablo no se iba a dejar tumbar así de fácil. Sacudía las patas con ferocidad mientras trataba de quitarse a Rodolfo del lomo. Mostrando una fuerza increíble, ¡el tío Rodolfo le aplicó un candado alrededor del cuello! Con los músculos hinchados de sus brazos, sacudía a la bestia de un lado para otro, jalándole los cuernos. Aún así, el Diablo logró lanzar finalmente al tío Rodolfo y se disponía a atacarlo.

—Quítate de su camino —le gritaba la gente. Pero el tío Rodolfo no se movía. En lugar de evitarlo se quitó la chamarra roja y se quedó parado ahí, retando al viejo toro. El Diablo corrió más y más, pero aún así el tío no se movió.

Entonces, justo cuando el toro estaba a punto de cornearlo, el tío Rodolfo se quitó del camino y dejó que el toro ¡chocara de frente contra un hidrante! El impactó arrancó al hidrante del piso de concreto y un chorro de agua se disparó al cielo. El toro todavía estaba parado pero bien atontado. Lentamente se volteó hacia Rodolfo. Tomó uno… dos… tres pasos hacia él y se colapsó a sus pies, ¡inconsciente!

—¡El tío Rodolfo venció al Diablo! —escuché decir a Ventura. Entonces fue que me di cuenta que todavía me tomaba de la mano. Esas canijas mariposas en la panza… ¡empezaban a revolotear!

Y el resto es historia.

8
GOODBYE FOR THE SECOND TIME
★ ★ ★ ★ ★ ★ ★
DESPEDIDA POR SEGUNDA VEZ

"I'm going to miss you," I tell Cecilia as her family loads their suitcases into her dad's van.

"I'll miss you too, Max," she tells me. We stand there awkwardly. Things have changed between us. We both know that now. "I'm sorry," she says.

"Sorry for what?"

"I'm sorry for hurting you."

"I'm fine."

—Voy a extrañarte —le digo a Cecilia mientras veo que su familia empieza a subir las maletas a la camioneta de su papá.

—También yo te voy a extrañar, Max —me dice. Nos quedamos ahí, parados torpemente. Las cosas han cambiado entre nosotros. Ahora lo sabemos.

—Lo siento —me dice.

—¿Por qué?

—Lamento haberte lastimado, Max.

—Yo estoy bien.

That's a lie of, course. I mean the girl of your dreams rips out your heart and dumps you: how can anybody be okay after that? No, I'm not going to be fine. I'm going to be reduced to an emotional wreck, but I can't let Cecilia know that. I told her everything was going to be fine, right? That everything was going to be okay, right? So I'm going to make sure that she keeps on thinking that.

"Time to go," says Cecilia's dad as he loads the last suitcase into the family van.

"I got to go."

"I'll see you in Los Angeles." I already told her that I'll be in Los Angeles during spring break.

"Call me when you're there."

"Sure." We stare at each other awkwardly. What do we do next? In the past I would have hugged and kissed her, but like I said, things are different now. "Take care in Los Angeles," I tell her. I can feel the lump begin to swell up in my throat. She smiles and walks towards her dad's van. I just stand there. What else am I supposed to do? Halfway to the van, Cecilia stops and turns around. She runs back towards me and hugs me.

"I... I...I'm going to miss you," she tells me with tears in her eyes. I stand there and hold her till her dad honks the horn. "I'll always love you, Max," she whispers to me before walking out of my life for the second time.

★ Es una mentira, por supuesto. Después de todo, la chica de tus sueños te ha arrancado el corazón y luego te abandona: ¿quién estaría bien con eso? No, no voy a estar bien. Quedaré reducido a una chatarra emocional, pero no puedo dejar que Cecilia se entere. Le dije que todo estaría bien, ¿o no? Que todo estaría perfecto, ¿o no? Así que tendré que asegurarme que ella lo siga pensando así.

—Hora de irnos —dice el papá de Cecilia mientras sube la última maleta a la camioneta familiar.

—Me tengo que ir.

—Te veo en Los Ángeles —ya le dije que estaría en Los Ángeles durante las vacaciones de verano.

—Llámame cuando llegues.

—Sí, claro —nos miramos incómodamente. ¿Qué sigue? En el pasado la hubiera abrazado y besado; pero, como ya lo dije, las cosas ahora son distintas—. Te cuidas en Los Ángeles.

Siento que algo se me atora en la garganta. Ella sonríe y camina hacia la camioneta de su papá. Yo solo me quedo ahí parado. ¿Qué se supone que debo hacer? De pronto Cecilia se detiene y voltea. Corre de regreso hacia mí y me abraza.

—Te voy a... te voy a... te voy a extrañar —me dice con lágrimas en los ojos. Sigo abrazándola hasta que su papá pita el claxon—. Siempre te voy a querer, Max —murmura en mi oído antes de salirse de mi vida por segunda vez.

9
CAFETERIA BLUES
★ ★ ★ ★ ★ ★ ★
BLUES DE LA CAFETERÍA

"Worst Christmas break ever," I tell Leo. "Not only do I get dumped by my girlfriend, but now Paloma is gone too." I stare at her empty seat across from us in the cafeteria. I miss her…I mean I truly miss her.

"So I bet you're happy to be back in school, right?"

Not really, but the end of Christmas break did at least mean that maybe my bad luck was coming to an end. No unlucky streak can last forever.

"Anyway, things aren't all bad," says Leo. "You're going to L.A. in a few weeks."

—Las peores vacaciones de navidad —le digo a Leo—. No solo me dejó mi novia sino que también Paloma se ha ido —me quedo mirando a la silla vacía donde ella antes se sentaba en la cafetería. La extraño… de veras, verdaderamente la extraño.

—Así que supongo que estás contento por haber regresado a la escuela.

—Para nada, pero el final de las vacaciones de navidad quizás señalen que mi mala suerte ha terminado. Tiene que terminar, ¿o no? Ninguna racha de mala suerte puede durar para siempre.

—Las cosas no están tan mal —dice Leo—. Vas a L.A. en unas semanas.

That's true. Unfortunately the parts that are really good about this trip, I can't share with Leo. I swear, keeping family secrets is hard. I wish I could tell Leo that I am flying to Los Angeles in my uncle's own plane—my uncle, who just happens to be the Guardian Angel...most famous luchador in the whole wide world. I wish I could show him my uncle's mask...the original mask of the Guardian Angel. I wish...I wish...I wish. But I can't! Leo is starting to get suspicious however. I know he suspects that I'm keeping secrets from him. Just the other day he started asking questions about my Tío Rodolfo. He wanted to know what he does for a living, and if I'd noticed how big and muscular he is...big enough to be a luchador.

"Los Angeles will be fun," I tell Leo. "I've never been there before."

"Maybe you can look up you know who?"

"Cecilia and I are just friends now," I remind him. "She dumped me, remember?"

"She didn't dump you," says Leo. "She broke up with you."

"Yeah? So what's the difference?"

"When they break up with you, it's because something came up that makes it impossible for you to be together," says Leo. "In your case, she moved to Los Angeles. But when you get dumped... it means that the girl has stopped loving you. Has Cecilia stopped loving you?"

★ Es cierto. Desafortunadamente, no puedo compartir con Leo las mejores partes de este viaje. Guardar secretos familiares es durísimo. Me gustaría poderle decir que voy a viajar a Los Ángeles en el avión privado de mi tío. Mi tío, que por cierto es el Ángel de la Guarda... el luchador más famoso de todo el mundo. Me gustaría poder enseñarle su máscara... la máscara original del Ángel de la Guarda. Me gustaría, me gustaría... me gustaría... ¡Pero no puedo! De cualquier modo, Leo empieza a sospechar. Yo sé que sospecha de que yo guardo secretos. Justo el otro día empezó a hacerme preguntas sobre mi tío Rodolfo. Quería saber en qué trabajaba, y que si he notado lo fortachón que es... tan fuerte como para ser un luchador.

—Los Ángeles será divertido —le digo a Leo—. Nunca he estado ahí.

—Además, tal vez puedes buscar a ya sabes quien.

—Cecilia y yo somos amigos ahora —le digo—. Te recuerdo que ella me dejó.

—No te dejó —dice Leo—. Rompió contigo.

—¿Sí? ¿Y cuál es la diferencia?

—Cuando rompen contigo es porque salió algo que hace imposible que estén juntos —dice Leo—. En tu caso, ella se fue a Los Ángeles. Pero cuando te dejan... eso quiere decir que la chica te ha dejado de amar. ¿Cecilia te ha dejado de amar?

I honestly don't know. I was sure she had, but if that's true, then why did she whisper that she'll always love me when she left? Plus, what about Paloma? Why can't I stop thinking about her?

"Is anybody sitting here?" asks a pretty red-headed girl. She's wearing large-rim glasses.

"Nobody," I tell her. Then I turn to look at Leo. His face is lit up like a Christmas tree all of a sudden. Looks like Leo might just like this girl. Two other girls sit down next to her. One is a tall, mean-looking girl with spiky hair. The other is heavyset. She's wearing a T-shirt with a heavy metal band's logo on it. She has ear buds and is jamming out to whatever music is playing on her iPhone.

"So what's your name?" Leo asks.

"Lucy."

"I'm Leo," he says smiling. "Are you new? I haven't seen you before."

"Just moved here," says Lucy. "This is Jan," she says pointing to the mean-looking girl with spiked hair. "And this is Sofia." We both turn to look at Sofia who is still jamming away to her music. She stops just long enough to take out one ear plug and say hi before resuming her head banging.

"This is my best friend Max," says Leo.

"Hi," I tell all three girls. Lucy smiles at me, Jan sighs and Sofia pauses just long enough to give me a double thumbs up before returning to her music.

Sepa, no sé. Pensé que lo había hecho; pero, si eso es verdad, ¿por qué fue que me dijo al oído, cuando ya se iba, que siempre me iba a querer? Además, ¿qué con Paloma? ¿Por qué no puedo dejar de pensar en ella?

—¿Está alguien sentado aquí? —pregunta una linda pelirroja que usa lentes de aros grandes.

—Nadie —le digo. Luego volteo a ver a Leo. De repente su cara se ha iluminado como un árbol de navidad. Es posible que a Leo le guste esta chica. Dos otras chicas se sientan junto a ella. Una es alta con cara de mala y el cabello de puntas paradas. La otra es gordita. Usa una camiseta con el logo de una banda de heavy metal. Trae audífonos y lleva el ritmo de la música que sale de su iPhone.

—¿Cómo te llamas? —pregunta Leo a la pelirroja.

—Lucy.

—Yo soy Leo —dice sonriendo—. ¿Eres nueva? No creo haberte visto antes.

—Me acabo de mudar —dice Lucy—. Esta es Jan —dice señalando a la chica con cara de mala y el cabello de puntas paradas—. Y esta es Sofía —los dos volteamos a verla, ella sigue moviéndose al ritmo de su música. Se detiene lo suficiente como para quitarse un audífono y decir hola, luego sigue sacudiendo la cabeza.

—Este es mi mejor amigo Max —dice Leo.

—Hola —le digo a las tres chicas. Lucy me sonríe, Jan suspira y Sofía se detiene lo suficiente para mostrarme su dos pulgares hacia arriba antes de regresar a su música.

I think Leo's in love, and the attraction might just be mutual. I mean they're both laughing and giggling now.

"He said your name is Max," says Jan.

"Yeah."

"You the guy that got dumped by Cecilia Cantu?"

"Well, not really. She didn't dump me actually. We just decided a long-distance relationship is a bad idea."

"That's not what I heard."

Uh. Now I'm famous for being the guy who got dumped by Cecilia Cantu. My life is just plain horrible. I can't stand it. Something needs to happen to shake things up. And soon!

⭐ Creo que Leo está enamorado y la atracción podría ser mutua. Ahora los dos se ríen y hacen risitas traviesas.

—Dijo que tu nombre es Max —dice Jan.

—Ajá.

—¿Tú eres el chico a quien botó Cecilia Cantú?

—Pues... no. No me botó exactamente, solo decidimos que una relación a distancia no era buena idea.

—Eso no es lo que yo escuché.

Qué. Ahora soy famoso por ser el tipo a quien botó Cecilia Cantú. Ahora mi vida es totalmente horrible. No lo aguanto. Algo necesita pasar para que mejoren las cosas. ¡Y pronto!

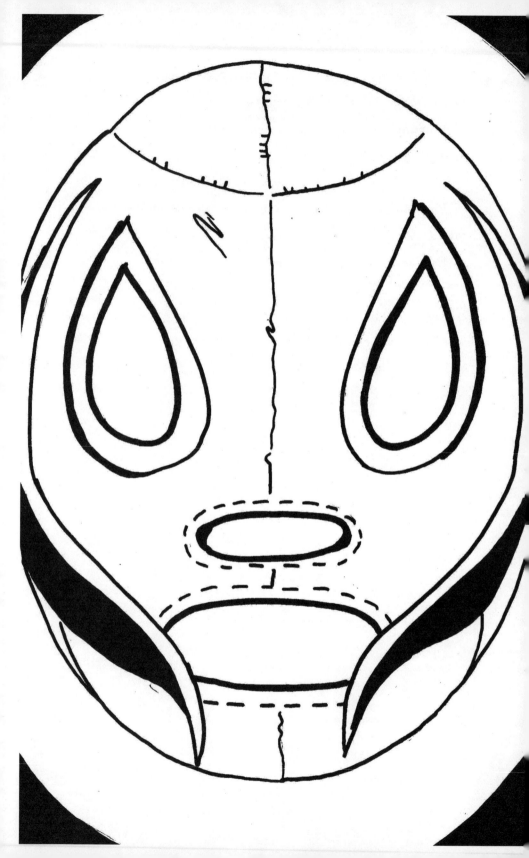

10
A TRIP TO THE MASK-MAKER'S HOUSE
★ ★ ★ ★ ★ ★ ★
VIAJE A LA CASA DEL HACEDOR DE MÁSCARAS

"You aren't going to punch him, are you?" I ask Lalo as we pull up to the mask-maker's house in Hidalgo. We've been driving for two hours.

"I promise not to punch your girlfriend's dad, okay?" Lalo says. He's got a big smile on his face. He steps out of the car and balances himself on his crutches. Even though he had his cast removed last week and is now wearing a walking brace, he still needs crutches.

"Paloma is not my girlfriend!" I remind him. "She's just my friend."

—¿No lo vas a golpear, verdad? —le pregunto a Lalo cuando llegamos a la casa del mascarero en Hidalgo. Fue un viaje de dos horas.

—Prometo no pegarle al papá de tu novia, ¿está bien? —dice Lalo. Tiene una sonrisota en la cara. Sale del carro y se balancea en sus muletas. Aunque le quitaron el yeso la semana pasada y ahora usa una férula ortopédica, todavía necesita las muletas.

—¡Paloma no es mi novia! —le recuerdo—. Solo es mi amiga.

I've heard that Paloma's dad is one of the best mask-makers around. Unfortunately, he's also the same man Lalo got into a fistfight with last summer at a lucha libre match. I guess it was no big deal, just a misunderstanding. I'm sure there aren't any hard feelings between them.

A large, sloppy, unshaven man answers the door—Paloma's dad. "Hello, Lalo," he says. "I didn't recognize you without my foot in your face." Oh boy, here we go.

"You wish, Gordo," says Tío Lalo. "The only one that had a foot planted on his face that day was you."

"I hear you're not El Toro Grande no more," says the vendor. "I hear you hurt your little footsy and whined about it like a baby." He gestures at Lalo's leg brace. "Too bad. That Toro mask I made was some of my best work."

"It's a very good mask," agrees Tío Lalo. "I guess even idiots like you can come up with a good idea every once in a while." The two men engage in a stare down.

"Good to see you, Lalo!" says the mask-maker grinning. "You look good for a man who broke his leg. You healing nicely?"

"As well as can be expected," says Lalo. "It's good to see you too, Jaime." The two men give each other a big hug. I let out a deep breath. They've definitely buried the hatchet, and—thankfully—not into each other.

★ He escuchado que el papá de Paloma es uno de los mejores mascareros. Desgraciadamente también es el mismo hombre con quien Lalo se agarró a golpes el verano pasado durante un encuentro de lucha libre. Supongo que no fue gran cosa, solo un mal entendido. Estoy seguro de que no hay nada de malos sentimientos entre ellos.

Un hombre grande, descuidado, sin rasurar, abre la puerta: es el papá de Paloma.

—Hola Lalo —dice—. No te reconocí sin mi pie en tu cara.

Chale, ya van a comenzar.

—Ya quisieras, gordo —dice el tío Lalo—. El único que tenía un pie en la cara ese día eras tú.

—Me dijeron que ya no eres el Toro Grande —dice el vendedor—. Me dijeron que te lastimaste la patita y que chillaste como un bebé —señala la férula de Lalo—. Lástima. Esa máscara de Toro era una de las mejores que he hecho.

—Es una máscara muy buena —afirma el tío Lalo—. Hasta a burros como tú se les ocurre una buena idea de vez en cuando —los dos empiezan un duelo de miradas duras.

—¡Qué gusto verte, Lalo! —dice el mascarero, sonriendo—. Te ves bien a pesar de ser un hombre con la pierna rota. ¿Te está sanando como debe ser?

—Ahí la llevo —dice Lalo—. También me da gusto verte, Jaime —los dos se dan un gran abrazo. Yo dejo salir un suspiro largo, definitivamente ya se contentaron.

"You've been retired for a little over a month and you're already getting fat," Jaime says as he pats Lalo's stomach.

"You wish," says Tío Lalo laughing. "It's all muscle."

"Hi, Max," says Paloma. She's wearing a very pretty white dress. Paloma wearing a dress...now that's a first! And is that a hint of eyeliner I see her wearing? And are those heels? She looks stunning, I mean positively beautiful! All of a sudden I feel funny all over. I go to give her a hug, but unexpectedly she sticks out her hand. We're going to shake hands?

"It's very nice to see you again, Maximilian."

Since when is Paloma so formal?

"Hi, Daddy," she says. She kisses him on the cheek. Paloma's acting weird. She's acting all...girly. Paloma is never girly!

"Best daughter a man could ask for," says the mask-maker as he hugs Paloma.

"Oh, Daddy, you're embarrassing me."

"Why don't you and Max go and hang out in the living room?" he says. "Lalo and I have business to discuss in my shop."

"Is it ready?" asks Tío Lalo.

"Almost," says Paloma's dad.

"What does it look like?"

"It will be my best work yet," he says before they disappear into his workshop. Once they're out of sight, Paloma gives me a monster hug that nearly knocks me off my feet.

—Te acabas de retirar hace un mes y mira cómo te estás poniendo de gordo —dice Jaime, dándole palmadita en el estómago.

—Ya quisieras —dice mi tío Lalo riéndose—, es puro músculo.

—Hola, Max —dice Paloma. Trae puesto un vestido blanco bien bonito. Paloma con vestido... ¡esa sí que es una primera vez! ¿Y acaso trae delineador de ojos? ¿Y zapatos de tacón? ¡Se mira hermosa, totalmente preciosa! De repente me siento raro por todas partes. Voy a darle un abrazo, pero inesperadamente solo me ofrece la mano. ¿Vamos a saludarnos de mano?

—Me da mucho gusto verte de nuevo, Maximiliano.

¿Desde cuando Paloma es tan formal?

—Hola, Papito —dice, dándole un beso en la mejilla. Paloma está bien rara, se comporta como... mujercita. ¡Paloma nunca ha sido una mujercita!

—Eres la mejor hija que un hombre podría tener —dice el mascarero mientras le da un abrazo a Paloma.

—Ay, papito. Estás haciendo que me dé pena.

—¿Por qué no van tú y Max a la sala? —dice—. Lalo y yo tenemos que hablar de negocios.

—¿Está lista? —pregunta Lalo.

—Casi —dice el papá de Paloma.

—¿Cómo se ve?

—Será mi mejor trabajo a la fecha —escuchamos decir a su papá antes de que entren al taller. En cuanto desaparecen, Paloma me da un gran abrazo que casi me tumba.

"I missed you so much, Maxi pooh," she tells me as she whacks me over the head and plants a massive kiss on my cheek.

"What was that?" I ask her.

"A kiss, you silly doofus!"

"I know it was a kiss," I tell her. "I mean earlier, with your dad—that whole giggling-little-girl routine you did with him?"

"I was good, wasn't I?" I have to admit, she was very good. If I didn't know better, I would have bought her act, hook, line and sinker.

"C'mon, Max, you're going to tell me you don't act different around your parents?" She has a point. All kids act different around their parents.

"So what's new at school?" she asks.

"Leo has a girlfriend."

"No way," says Paloma, shoving me off the sofa. "Our Leo has a girl? Is she blind?"

"No," I tell her.

"Is she ugly?"

"She's kind of cute actually."

"And she likes Leo?"

"It seems serious. He walks her to class and everything."

"Get out of here. We're talking about the same Leo, right?"

"The one and only."

She stares at me. "So how about *your* love life, Max? How did your reunion go with Hollywood girl?"

—Te he extrañado mucho, Maxi pu —me dice dándome un golpe en la cabeza y un tremendo beso en la mejilla.

—¿Y eso qué fue? —le pregunto.

—¡Un beso, tontín!

—Ya sé que fue un beso —le digo—. Me refiero a antes, con tu papá, toda esa rutina de chamaquita-risitas-risitas.

—Soy buena actriz, ¿o no? —la verdad es que sí le salió muy bien la actuación. De no conocerla como la conozco, se lo hubiera creído todito.

—Ándale, Max. ¿A poco me vas a decir que no actúas diferente cuando estás con tus papás? —tiene razón: todos los chicos actúan distinto frente a sus papás.

—¿Qué hay de nuevo en mi vieja escuela? —pregunta.

—Leo tiene novia.

—No puedes ser —dice Paloma tumbándome del sillón—. ¿Nuestro Leo tiene una chica? ¿Está cieguita?

—No —le digo.

—¿Está fea?

—La verdad es que es bonita.

—¿Y le gusta Leo?

—Parece cosa seria. La encamina a su clase y toda la cosa.

—Sácate. Hablamos del mismo Leo, ¿verdad?

—El mero-mero.

Se me queda mirando. —¿Y qué tal *tu* vida amorosa, Max? ¿Cómo te fue con la chica Hollywood?

"It went okay."

"Did you all kiss and stuff?" She makes smacking sounds with her lips.

"That's none of your business."

"Did she French you?"

"I don't even know what that is," I tell her. And I don't know what that is, which makes me even madder.

"Because if she hasn't kissed you, then she doesn't know what she's missing," says Paloma grinning. "I should know."

"I don't want to talk about that!"

"What happened, Max?"

"Nothing." But Paloma isn't buying it. She knows me well enough to know when I'm lying.

"It's okay, Max," says Paloma. "You don't have to tell me. Just by looking at you I know exactly what happened. Hollywood girl dumped you, didn't she?"

"How could you tell?" Is it that obvious? Do I have the word *dumped* etched on my forehead?

"Because I've been there," says Paloma.

"You have?"

"Don't look so surprised," says Paloma. "You know, I'm not the easiest person to get along with." Well, that's true. But Paloma is actually a very nice person if she gives you the chance to get to know her. Under that tough girl exterior she's actually...nice.

—Estuvo bien.

—¿Y se dieron besos y demás? —hace sonido de besos ruidosos.

—Eso no es asunto tuyo.

—¿Te dio un beso francés?

—Ni siquiera sé lo que es eso —le digo, y de veras no sé lo que es eso, lo cual me hace enojar mucho más.

—Porque si no te ha besado no sabe lo que se está perdiendo —dice Paloma sonriendo—. Lo digo por experiencia.

—¡No quiero hablar de eso!

—¿Qué pasó, Max?

—Nada —pero Paloma no me cree; me conoce bien y sabe que estoy mintiendo.

—Está bien, Max —dice Paloma—. No tienes por qué decírmelo. Con solo mirarte sé lo que pasó. La chica Hollywood rompió contigo, ¿verdad?

—¿En qué se me nota? —¿así soy de obvio? ¿Tengo la palabra *abandonado* marcada permanentemente en la frente?

—Porque ya me ha pasado —dice Paloma.

—¿A ti?

—No te sorprendas —dice Paloma—. Ya sabes que no soy monedita de oro —pues sí, es la verdad. Pero Paloma es una chica muy buena si te da la oportunidad de que la conozcas. Bajo ese exterior duro, en realidad es… linda.

"I didn't know you had a boyfriend before."

"That's because I never told you, doofus."

"Well...who was he?"

"He was a jerk. That's all you need to know about him. Oh, and one more thing."

"What?"

"Don't ever waste your time blaming yourself for the break up. You just have to accept that things happen sometimes. Things just fall apart, and sometimes there's no reason why."

"It still hurts," I tell her.

"Of course it hurts," she says, hugging me. "But you'll get over it."

"I guess."

"Hey, you want to see something cool?"

"What do you mean by cool?" I've learned to be cautious of what Paloma views as being cool.

"Come with me. This will blow your mind!"

—No sabía que tuviste novio.

—Eso es porque nunca te lo dije, tontín.

—Y… ¿quién era?

—Era un patán. Es todo lo que necesitas saber. Ah, y otra cosa.

—¿Qué?

—No pierdas tu tiempo culpándote por el rompimiento. Solo tienes que aceptar que así son las cosas a veces; se deshacen sin razón alguna.

—Aún así, duele —le digo.

—Claro que duele —dice Paloma, abrazándome—. Pero lo vas a superar.

—Supongo que sí.

—Hey, ¿quieres ver algo chido? —pregunta Paloma.

—¿A qué te refieres con chido? —he aprendido a ser cauteloso de lo que Paloma considera "chido".

—Ven conmigo. ¡Te vas a sorprender muchísimo!

11
RED FLAME
FLAMA ROJA

"Have you ever heard of a luchador called Red Flame? Flama Roja?" Paloma asks.

"Sure. He wrestled in the eighties."

"Then close your eyes." She leads me down a flight of stairs to a dark basement. "Go ahead and open them now." She flips on the lights.

There's a red mask adorned with yellow flames inside a trophy case. "Is that the mask of Flama Roja?" The whole room is a shrine to Flama Roja. Hanging in display cases are some of his capes, masks and even his wrestling boots.

—¿Has oído hablar de un luchador que se llama Flama Roja? —pregunta Paloma.

—Claro. Luchaba en los ochentas.

—Entonces cierra los ojos —me lleva por unos escalones a un sótano oscuro y prende la luz—. Ya puedes abrir los ojos.

—¿Es la máscara de Flama Roja? —en una vitrina hay una máscara roja adornada con flamas amarillas. Todo el cuarto es como un santuario dedicado a Flama Roja. En otras vitrinas están sus capas, máscaras y hasta unas botas de luchador.

"Did your dad know him?" I ask Paloma. "Did he make his masks too?"

"No," says Paloma. "My dad *was* Flama Roja."

"Your dad was Flama Roja?" It's hard for me to picture her overweight, unshaven dad as the once mighty Flama Roja.

"He was," says Paloma, beaming with pride. "He was the master of the triple flip somersault of death."

"He messed up his back really bad doing one of those somersaults, didn't he?"

"Yeah, he did," says Paloma grimly. "He was never the same after that. He loved lucha libre so much. That's why he kept trying over and over to come back. But his back...it just never healed the way it was supposed to. He finally had to admit that his career as a luchador was over."

"So what did he do?"

"Well, first he took a job as a tailor at a shop in Reynosa. Then he got depressed. Really depressed. He started eating too much. And drinking too much. Then Mom left. And then, just when he hit rock bottom, the Guardian Angel showed up at the shop where he was working."

"He did?"

"My father makes all of your uncle's masks," says Paloma. "Your uncle was supposed to wrestle in Reynosa the next night, but the airlines lost his luggage. He needed a mask to be made, fast. So he went to the tailor shop were my dad worked. The shop owner wasn't sure that they could actually make a mask.

—¿Tu papá lo conoció? —pregunto a Paloma—. ¿Hacía también sus máscaras?

—No —dice Paloma—. Mi papá *era* Flama Roja.

—¿Tu papá era Flama Roja? —me es difícil creer que ese señor gordito y mal rasurado fue alguna vez el poderoso Flama Roja.

—Sí lo fue —dice Paloma, brillando de orgullo—. Era el maestro del triple salto mortal.

—Se lastimó la espalda muy mal haciendo unos de esos saltos, ¿o no?

—Así fue —dice Paloma con seriedad—. Nunca fue el mismo después de eso. Amaba la lucha libre. Por eso trató una tras otra vez de regresar. Pero su espalda... nunca sanó como debería. Tuvo que reconocer que su carrera como luchador había terminado.

—¿Y entonces qué hizo?

—Primero agarró trabajo de sastre en una tienda de Reynosa. Entonces se deprimió. Se deprimió con ganas. Entonces mi mamá se fue. Pero justo cuando él estaba tocando fondo, apareció el Ángel de la Guarda en el taller donde estaba trabajando.

—¿De veras?

—Mi papá hace todas las máscaras de tu tío —dice Paloma—. Se supone que tu tío iba a luchar en Reynosa la noche siguiente, pero la aerolínea perdió su equipaje. Necesitaba una máscara ¡pronto! Así que fue al taller de sastre donde trabajaba mi papá. El dueño de la tienda no estaba seguro de que pudieran hacer la máscara.

"It wasn't something that people usually ordered at his tailor shop. Pants and shirts they could do for sure, but a lucha libre mask? My dad, though, recognized who the Guardian Angel was just by the sound of his voice and told the shop owner that he could do it. He worked on it all night, and by the morning he had created the most beautiful mask ever. The Guardian Angel was so impressed that he asked him if he would be willing to make even more masks for him. After a while, my dad began to get so many requests for masks that he opened his own shop. Vampire Velasquez, the Medical Assassins, the Mayan Prince, La Dama Enmascarada, all the great ones have had their masks made by my father. He's considered to be the greatest mask-maker in the world today."

"I had no idea."

"In a way, the Guardian Angel saved my dad's life," says Paloma. "He used to drink so much, I was afraid that he would drink himself to death. I used to pray that somebody would help my dad stop drinking. And then your uncle shows up...like a Guardian Angel. I don't believe in coincidences. I think everything happens for a reason. Your uncle was meant to be there on that day, Max. He was there to give my dad a purpose again...to make him believe in himself. Your uncle was my family's very own guardian angel."

No era algo común que la gente pidiera eso. No había problema con camisas o pantalones, pero ¿una máscara de lucha libre? Mi papá inmediatamente reconoció al Ángel de la Guarda por el sonido de su voz, y le dijo al dueño que él haría la máscara, una nueva máscara de lucha libre para el Ángel de la Guarda. Trabajó toda la noche, y para la mañana siguiente había creado una máscara muy hermosa. El Ángel de la Guarda quedó tan impresionado con el trabajo de mi papá que le preguntó si podía hacer otras máscaras para él. Después de un tiempo, mi papá empezó a recibir tantas solicitudes de máscaras que abrió su propia tienda. El Vampiro Velásquez, Los Médicos Asesinos, el Príncipe Maya, la Dama Enmascarada, mi papá hizo las mascaras de todos los grandes luchadores. Ahora es considerado el mejor mascarero de todo el mundo.

—No lo sabía.

—De cierta manera, el Ángel de la Guarda le salvó la vida a mi papá —dice Paloma—. Tomaba mucho, yo tenía miedo de que bebería hasta morirse. Rezaba para que alguien llegara para ayudarlo a dejar de tomar. Y entonces llega tu tío... como un Ángel de la Guarda. Yo no creo en las coincidencias, pienso que todo pasa por una razón. Tu tío estaba destinado a estar ahí ese día, Max. Estaba ahí para darle a mi papá un propósito otra vez... para hacer que volviera a creer en sí mismo. Tú tío fue el ángel de la guarda de mi familia.

Wow. I'm wondering if Tío Rodolfo himself knows just what he did for Paloma's dad? I mean, he also inspired Sonya Escobedo to put her Dama Enmascarada mask back on and come out of retirement. Does he know just how much of an impact he's had on Paloma's family?

"There's one other thing I want to talk to you about, Max," says Paloma. She reaches for a framed photograph on her father's desk that shows her standing with a bunch of other kids. They're all wearing lucha libre masks, except for Paloma.

"Who are they?"

"That's who I want to talk to you about, Max," says Paloma. "When you go to Los Angeles in a few weeks, I'm going to be there too."

"You are?"

"I'm going with my aunt Sonia, La Dama Enmascarada."

"That's awesome!"

"There's something you need to know before you go to Los Angeles."

"What?"

"There's more going on that weekend than just the Big Brawl."

"Yeah?"

"The Lucha Libre Club."

The what?"

"The Lucha Libre Club," says Paloma.

"There's a lucha libre club?" Why haven't I ever heard of it?

Híjole. Me pregunto si mi tío Rodolfo sabe todo lo que hizo por el papá de Paloma. Quiero decir, también inspiró a Sonia Escobedo para volverse a poner la máscara de la Dama Enmascarada y dejar el retiro. ¿Sabrá el impacto que tuvo en la familia de Paloma?

—Hay una cosa más que quiero hablar contigo, Max —dice Paloma. Alcanza una fotografía enmarcada que está en el escritorio de su papá en la que se ve ella parada junto a un grupo de chamacos. Todos usan máscaras de lucha libre, excepto Paloma.

—¿Quienes son?

—De eso quiero hablar contigo, Max —dice Paloma—. Cuando vayas a Los Ángeles en unas semanas, yo voy a estar ahí también.

—¿En serio?

—Voy con mi tía Sonia, La Dama Enmascarada.

—¡Genial!

—Hay algo que tienes que saber antes de ir a Los Ángeles.

—¿Qué?

—Sucederán otras cosas esa semana además de la Gran Bronca.

—¿Sí?

—El Club de Lucha Libre.

—¿El qué?

—El Club de Lucha Libre —dice Paloma.

—¿Hay un club de lucha libre? —¿cómo no he oído hablar de esto?

"Yup. And when we're in Los Angeles, I want to sponsor you for membership in it."

"Oh yeah, who's in it?"

"The sons, daughters, nephews and nieces of some of the most famous luchadores in the world," says Paloma.

"They'll let me join?"

"Max! You're the nephew of the Guardian Angel. What do you think?"

Man, oh man. A real life Lucha Libre Club. I can't wait to get to the Big Brawl!

—Sip. Y cuando estemos en Los Ángeles, quiero llevarte para que seas miembro.

—¿Ah sí? ¿Quienes son los miembros?

—Los hijos, hijas, sobrinos y sobrinas de los más famosos luchadores del mundo —dice Paloma.

—¿Me dejarán entrar?

—¡Max! Eres sobrino del Ángel de la Guarda, ¿tú qué crees?

Órale. Un auténtico Club de Lucha Libre. Me muero de ganas de estar en La Gran Bronca.

12

IT'S A...

ES UN...

"It's going to be a girl," declares my Tía Dolores. "I can feel it in my bones, and my bones are never wrong."

"Your bones are never wrong?" says Tía Socorro sarcastically. "Those old bones of yours are as dumb as you are. It's going to be a boy. I can feel it in MY bones."

"Girl," screams Tía Dolores.

"Boy," screams Tía Socorro.

"Girl!"

"Boy!"

—Va a ser una niña —declara mi tía Dolores—. Lo siento en mis huesos, y mis huesos nunca se equivocan.

—¿Tus huesos nunca se equivocan? —dice tía Socorro sarcásticamente—. Esos huesos tuyos son tan tontos como tú. Va a ser un niño. Lo siento en MIS huesos.

—Niña —grita la tía Dolores.

—Niño —grita la tía Socorro.

—¡Niña!

—¡Niño!

"Girl!"

"Boy!"

My two aunts—who argue and compete about *everything*—are at it again. At least they aren't fighting in church now. This time the battleground is the hospital waiting room outside the maternity ward.

"You tell your *tía* Socorro that I'm right," Dolores tells Little Robert. "It's going to be a girl."

"You wish," says Tía Socorro. "You tell that nasty Dolores that it's going to be a boy!" For his part, Little Robert looks like he's ready to cry. He shoots me a look that speaks volumes though not a single word comes out of his mouth. *Save me!*

Sorry, Little Robert, you're on your own. No way am I going to get in between those two ever again. Not after the whole bingo rematch fiasco.

"It doesn't matter if it's a boy or a girl," says my dad. "So long as it's healthy, that's all that matters." Finally! The voice of reason calls out. My aunts agree that he's right. Sort of.

"So long as **SHE** is healthy," says Tía Dolores. "Ventura is right."

"Yes," says Tía Socorro. "So long as **HE** is healthy, that's all that matters."

"She," says Tía Dolores.

"He," says Tía Socorro.

"She," says Tía Dolores.

★ —¡Niña!

—¡Niño!

Otra vez la mula al trigo. Mis dos tías discuten y compiten *en todo*. Por lo menos ya no se pelean en la iglesia. Esta vez el campo de batalla se encuentra en la sala de espera del hospital, afuerita del área de maternidad.

—Dile a tu *tía* Socorro que tengo la razón —le dice Dolores a Robertito—. Va a ser una niña.

—Ya quisieras —dice la tía Socorro—. ¡Dile a esa desgraciada Dolores que va a ser un niño! —Robertito parece que va a llorar. Me echa una mirada que dice muchas cosas aunque él no diga nada. "¡Auxilio!"

Lo siento Robertito, ahí te las arreglas. Ni de chiste me voy a meter otra vez entre esas dos. Y menos después del fiasco de la lotería.

—No importa si es niño o niña —dice mi papá—. Lo único que importa es que esté saludable —¡ya era hora que hablara la voz de la prudencia! Mis tías están de acuerdo que él tiene razón. Bueno, más o menos.

—Mientras que **ELLA** esté saludable —dice la tía Dolores—. Ventura tiene razón.

—Sí —dice la tía Socorro—. Mientras que **ÉL** esté saludable, es todo lo que importa.

—Ella —dice la tía Dolores.

—Él —dice la tía Socorro.

—Ella —dice la tía Dolores.

This poor kid has no idea what a crazy family he—or she—is being born into. This whole argument could have been prevented if Lalo and Marisol had asked to know the sex of the baby before it was born. But no. They wanted it to be a surprise.

"The baby's here," says my mom entering the waiting room. She is carrying the new addition in her arms.

"Is it a girl?" asks Tía Dolores.

"It's a boy, isn't it?" says Tía Socorro.

"She's a luchadora," declares Tío Lalo proudly. He's right behind my mother.

"She's a beautiful baby girl," says Mom. "Everything went perfect, and Marisol is recovering." Lalo leans down and kisses his newborn daughter on her forehead.

"I told you so," whispers Tía Dolores to Tía Socorro. Socorro instantly elbows Dolores in the ribs and yet another argument breaks out between the two.

"What did you name her?" I ask Lalo.

"Allison Rose," says Lalo. "It was Marisol's idea."

"Allison Rose. What a beautiful name. Welcome to the family, Allison Rose. But just so you know, we're not all as crazy as Tía Dolores and Tía Socorro."

⭐ Este pobre chamaco —o chamaca— no tiene idea de la familia loca en la que está a punto de nacer. Toda esta discusión se pudo haber evitado si Lalo y Marisol hubieran preguntado por el sexo del bebé. Pero no. Querían que fuera sorpresa.

—Aquí está el bebé —dice mi mamá entrando a la sala de espera. Carga en sus brazos al nuevo miembro de la familia.

—¿Es una niña? —pregunta la tía Dolores.

—¿Es niño, verdad? —dice la tía Socorro.

—Es una luchadora —anuncia orgullosamente mi tío Lalo.

—Es una bebita hermosa —dice mamá—. Todo salió bien y Marisol se está recuperando —Lalo le da un beso en la frente a la recién nacida.

—Te lo dije —murmura la tía Dolores a la tía Socorro. Socorro le da un codazo en las costillas y empieza de nuevo una discusión entre las dos.

—¿Cómo se va a llamar? —le pregunto a Lalo.

—Allison Rose —dice Lalo—. Fue idea de Marisol.

—Allison Rose, qué bonito nombre. Bienvenida a la familia, Allison Rose. Pero, nada más para que lo sepas, no todos estamos tan locos como la tía Dolores y la tía Socorro.

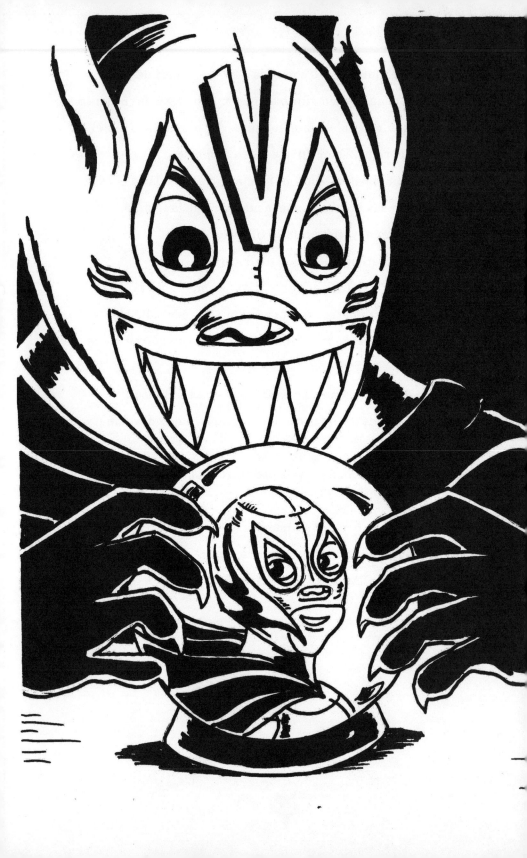

13

VAMPIRO VELASQUEZ IS PSYCHIC... OR IS THAT PSYCHOTIC?

★ ★ ★ ★ ★ ★ ★

¿EL VÁMPIRO VELASQUEZ ES PSÍQUICO O PSICÓTICO?

"Will there be anything else, sir?" asks the very pretty flight attendant.

"Some mineral water for me," says Tío Rodolfo. "Maybe some root beer for young Max here."

"Root beer would be good," I tell her.

"I will take something a little stronger than mineral water or root beer," says Vampire Velasquez. He winks at the flight attendant.

"Yes, Vampiro. How about your usual Bloody Mary?" She gives him a big smile.

—¿Se le ofrece otra cosa? —pregunta la bonita azafata.

—Una agua mineral para mí —dice mi tío Rodolfo—. Y quizás un poco de root beer para el joven Max.

—Root beer está bien —le digo.

—Yo voy a tomar algo un poquito más fuerte que agua mineral o root beer —dice el Vampiro Velásquez. Le hace un guiño a la azafata.

—Sí, Vampiro. ¿Qué tal el Bloody Mary de siempre? —le regala una gran sonrisa.

"Araceli, you know me so well," he tells her. "Did I mention I'm a single man again?"

"What about the sleeping gentleman in the back?" Araceli asks. She is referring to Lalo who is snoring in the seat behind us. "Will he need anything?"

"Just let him sleep," says Tío Rodolfo. "He became a dad a few weeks ago. Sleep is a luxury he doesn't have much of anymore."

Tío Rodolfo isn't kidding. Lalo and Marisol have both grown bags under their eyes since Baby Allison was born. She sleeps during two-hour intervals at night, waking up like clockwork to either demand to be fed or to engage in a full-blown baby talk conversation.

"She gets it from you," Mom told Lalo when he first complained about her ferocious appetite and love for nightlife. "You were the exact same way as a baby."

"Do you always travel like this?" I ask Tío Rodolfo. "In a private plane?"

"Not always," he says.

"It wasn't always this nice, Max," adds Vampiro Velasquez. "You remember those early days, Rodolfo? Driving up and down Mexico in clunker cars and sitting in beat-up old buses?"

"We were both young men back then," says Tío Rodolfo. "Out to conquer the world."

—Araceli, me conoces tan bien —le dice—. ¿Te dije que ya soy soltero de nuevo?

—¿Y qué tal el caballero durmiente que está atrás? —pregunta Araceli. Se refiere a Lalo, quien está roncando en el asiento que está atrás de nosotros—. ¿Necesitará algo?

—Solo déjalo dormir —dice mi tío Rodolfo—. Hace unas semanas que se volvió papá. Dormir es un lujo que ya no puede disfrutar.

Mi tío Rodolfo no está bromeando. A Lalo y Marisol les han salido ojeras desde que nació la bebé Allison. Ella duerme dos horas a intervalos por la noche, despertando puntualita ya sea para exigir ser alimentada o de plano para participar en una conversación de bebé.

—Lo sacó de ti —le dice Mamá a Lalo cuando por primera vez se quejó de su apetito feroz y su amor por la vida nocturna—. Así eras, igualito.

—¿Siempre viajas así? —le pregunto al tío Rodolfo—. ¿En un avión privada?

—No siempre —dice.

—No siempre fue así de agradable, Max —agrega el Vampiro Velásquez—. ¿Te acuerdas de esos primeros años, Rodolfo, manejando carcachas para arriba y para abajo de México o sentados en autobuses destartalados?

—Los dos éramos jóvenes entonces —dice mi tío Rodolfo—. Nuestra meta era conquistar al mundo.

"No," corrects Vampire Velasquez, "you were the one out to conquer the world. I was just along for the ride. And what a ride it's been. You made us all famous, you and your silly movies. And when that ride ended, I became a trainer. It's what luchadores do when they get hurt or become too old to wrestle. They teach."

"I could never be a teacher," says Tío Rodolfo.

"Why not? You've done a good job with both Lalo and Max here."

"That's different. They're family. And you've helped me."

"The spirit of lucha libre has bestowed so many gifts on you, Rodolfo," says Vampiro. "It would be a shame to have that knowledge end when your time comes."

"What's the spirit of lucha libre?" I ask.

"The spirit of lucha libre is the force that drives mere mortals to do incredible feats in the ring," says Vampiro.

"Vampiro here has a flair for the dramatic," says Tío Rodolfo.

"Don't mock the spirit of lucha libre," warns Vampiro.

"I'm not mocking anything or anybody," says Tío Rodolfo. "I'm just saying that I don't believe in all that supernatural stuff, okay?"

—No —corrige el Vampiro Velásquez—, tú eras el que quería conquistar al mundo. Yo solo iba de paseo. ¡Y qué gran paseo, Rodolfo! Nos hiciste famosos a todos. Tú y tus películas simplonas. Y cuando el viaje terminó, me volví entrenador. Es lo que hacen los luchadores cuando se lastiman o están demasiado viejos para seguir luchando. Dan clases.

—Yo nunca podría ser maestro —dice mi tío Rodolfo.

—¿Por qué no? Lo has hecho muy bien aquí, con Lalo y Max.

—Eso es distinto. Son familia. Además, tú me has ayudado.

—El Espíritu de la Lucha Libre te ha otorgado muchos regalos, Rodolfo —dice el Vampiro—. Sería una lástima perder todo ese conocimiento cuando te llegue la hora.

—¿Qúe es El Espíritu de la Lucha Libre? —le pregunto.

—El Espíritu de la Lucha Libre es la fuerza que empuja a simples mortales para que hagan proezas increíbles sobre el ring —dice el Vampiro.

—El Vampiro es muy bueno para el drama —dice mi tío Rodolfo.

—No te burles del Espíritu de la Lucha Libre —advierte el Vampiro.

—Yo no me burlo de nada o de nadie —dice mi tío Rodolfo—. Solo digo que yo no creo en nada de esas cosas sobrenaturales, ¿está bien?

"And yet you chose to call yourself the Guardian Angel," questions Vampiro. "What I'm trying to say, Rodolfo, is that you can't wrestle forever. You need to start thinking about what you're going to do after you can't get in the ring anymore."

"I'm the Guardian Angel," says tío Rodolfo. "Haven't you listened to any of my movies? I'll live forever."

"I'm serious," says Vampiro Velasquez. "Besides, I had a vision."

"Vampiro here thinks he's psychic, Max," says Tío Rodolfo. "Personally, I think he's confusing the word psychic with psychotic."

"I am psychic!" Vampiro declares. "I have the gift, Max. My fourth wife was a psychic too. Or was it my fifth?"

"The only gift you have is an overly active imagination," says Tío Rodolfo. "And you are not psychic."

"I am," says Vampiro Velasquez. "But I have no control over it, Max, not like other people. With me it just happens. Sometimes when I close my eyes, the spirit of lucha libre speaks to me and shows me the future."

"No it doesn't, Max," says Tío Rodolfo.

"Mock all you want, Rodolfo," says Vampiro. "But the spirit of lucha libre gave me a vision. You were surrounded by children. You were being a teacher to them."

"If you say so," says Tío Rodolfo.

"How does it speak to you exactly?" I ask Vampiro.

—Y aún así decidiste llamarte el Ángel de la Guarda —cuestiona el Vampiro—. Lo que trato de decirte, Rodolfo, es que no vas a luchar para siempre. Tienes que pensar en lo que vas a hacer cuando ya no puedas subirte al ring.

—Soy el Ángel de la Guarda —dice mi tío Rodolfo—. ¿No has escuchado lo que dicen mis películas? Voy a vivir para siempre.

—Te estoy hablando en serio —dice el Vampiro Velásquez—. Además, tuve una visión.

—El Vampiro piensa que es un psíquico, Max —dice mi tío Rodolfo—. Yo más bien creo que está confundiendo la palabra psíquico con psicótico.

—¡Soy psíquico! —declara el Vampiro—. Tengo el don, Max. Mi cuarta esposa también era psíquica. ¿O fue la quinta?

—El único don que tienes es el de una imaginación exagerada —dice mi tío Rodolfo—. Tú no eres psíquico.

—Sí lo soy —dice el Vampiro Velásquez—. Pero yo no lo puedo controlar Max, como lo hace otra gente. Conmigo solo sucede. Algunas veces cuando cierro los ojos, el Espíritu de la Lucha Libre me habla y me muestra el futuro.

—No es cierto, Max —dice mi tío Rodolfo.

—Búrlate todo lo que quieras, Rodolfo —dice el Vampiro—. Pero el Espíritu de la Lucha Libre me dejó ver el futuro. Tú estabas rodeado de niños. Tú eras su maestro.

—Si tú lo dices —dice mi tío Rodolfo.

—¿Cómo te habla exactamente? —le pregunto al Vampiro.

"Well," says Vampiro, "some people—myself included—just close their eyes and go into a meditation state and the visions come to them."

"Like a fortuneteller?"

"I guess."

"So if you can see the future, Vampiro, what's going to happen to me when we get to Los Angeles?" asks Tío Rodolfo.

"I don't have to be a psychic to know the answer to that one," says Vampiro. "First thing we will do is train."

"Where?" I ask.

"At the hotel," says Tío Rodolfo. "Don Salvador had a lucha libre ring set up in the hotel's basement so that his luchadores can practice."

"I can't wait," I tell Tío Rodolfo. "What will we be learning this time?"

"Funny you should ask that," says Vampiro. "I had a vision about you training."

"Really?"

"No, he didn't, Max," says Tío Rodolfo.

"Don't listen to him, Max," says Vampiro. "He's a non-believer."

"What is it? What was I doing?"

"In my vision, I saw you flying. Yes, I saw you flying, Max, flying like an angel...a Guardian Angel."

—Pues —dice el Vampiro—. Alguna gente, yo incluido, solo cierra los ojos y se ponen en un estado meditativo y así les llegan las visiones.

—¿Como un adivino?

—Creo que sí.

—Entonces si puedes ver el futuro, Vampiro, ¿qué me va a pasar cuando llegue a Los Ángeles? —pregunta mi tío Rodolfo.

—No necesito ser un psíquico para saber la respuesta —dice el Vampiro—. Lo primero que vamos a hacer es entrenar.

—¿Entrenar, dónde? —pregunto.

—En el hotel —dice mi tío Rodolfo—. Don Salvador tiene un ring de lucha libre ubicado en el sótano del hotel para que practiquen los luchadores.

—No puedo esperar —le digo al tío Rodolfo—. ¿Qué nos toca aprender?

—Es curioso que lo preguntes —dice el Vampiro—. Tuve una visón de que entrenabas.

—¿De veras?

—No tuvo nada, Max —dice mi tío Rodolfo.

—No le hagas caso, Max —dice el Vampiro—. Es un hombre de poca fe.

—¿Qué? ¿Qué estaba haciendo?

—En mi visión, te miré volando. Sí, te miré volando, Max. Volabas como un ángel... un Ángel de la Guarda.

14
LUCHA LIBRE LESSON #3
LUCHA LIBRE LECCIÓN #3

I stare into the hypnotic eyes belonging to one of the most feared rudos in the history of lucha libre. Vampire Velasquez snarls and snaps at me, showing off his huge canine teeth. He taunts me to attack him. I'm sweating like crazy.

"He's trying to get into your head, Max," fusses Tío Rodolfo. "He's trying to trick you into making a mistake. Take your time like we taught you. Think like a luchador!"

Veo fijamente los ojos hipnotizantes que pertenecen a uno de los rudos más temidos de la historia de la lucha libre. El Vampiro Velásquez gruñe y me lanza una mordida, presumiendo sus enormes colmillos. Me reta a que lo ataque. Quiere que yo lo ataque. Estoy sudando a chorros.

—Trata de meterse a tu cabeza, Max —advierte mi tío Rodolfo—. Intenta engañarte para que cometas un error. Tómate tu tiempo como te enseñamos. ¡Piensa como luchador!

Think like a luchador, think like a luchador. That's what both my Tío Rodolfo and Vampire Velasquez are training me to do. It isn't enough to just know how to wrestle. You have to wrestle smart too. I charge at Vampire Velasquez and clutch his left arm in a hammerlock. I twist it behind him and drive my knee into the back of his left leg, bringing him down to one knee. As I apply pressure to his arm, I'm already thinking of my next move. He's taller than me, stronger too. So it's important for me to take him off his feet and thus negate his height and girth advantage. Vampiro sidesteps. He's deceivingly quick for an old guy with bad knees. He whips me into the ring ropes. I hit them hard. I bounce back in the direction of Vampire Velasquez. He's waiting for me. He plants his right foot on my chest, grabs my arms and catapults me high into the air and across the ring!

"Do it now, Max!" Tío Rodolfo yells. For a minute, I'm like an angel in flight. I make my body spin and twist in midair, then point my feet downward till I feel them touch the canvas. I bend my knees to absorb the impact.

"You did it!" Tío Rodolfo beams with pride.

"And on the first try," adds Vampiro Velasquez, smiling with those vampire teeth of his. "Not many people can do the Flight of the Angel on their first try. You might just be a natural after all, Max."

★ *Piensa como luchador, piensa como luchador.* Eso es para lo que me están entrenando mi tío Rodolfo y el Vampiro Velásquez. No solo es suficiente saber luchar. Tienes que luchar con inteligencia. Ataco al Vampiro Velásquez y agarro su brazo izquierdo para hacerle un candado. Lo retuerzo detrás de él y avanzo mi rodilla hacia la parte de atrás de su pierna izquierda, logrando que caiga y se sostenga en una sola rodilla. Mientras aplico presión a su brazo, estoy pensando ya en mi siguiente movimiento. Él es más alto y más fuerte que yo, así que es importante para mí mantenerlo abajo para anular la ventaja que me lleva en estatura y fuerza. El Vampiro me esquiva. Es engañosa su rapidez para un hombre viejo con las rodillas dañadas. Me lanza contra las cuerdas del ring, las golpeo con fuerza y reboto de regreso hacia el Vampiro Velásquez. Me espera. Planta su pie derecho en mi pecho, agarra mis brazos y me catapulta alto en el aire y ¡fuera del ring!

—¡Hazlo ahora, Max! —grita mi tío Rodolfo. Por un momento, soy como un ángel que vuela. Hago que mi cuerpo gire y se retuerza en el aire, luego dirijo mis pies hacia abajo hasta que siento que tocan la lona del ring. Doblo las rodillas para absorber el impacto.

—Lo hiciste, Max —mi tío Rodolfo brilla de orgullo.

—Y en el primer intento —agrega el Vampiro Velásquez, sonriendo con esos dientes de vampiro—. No muchos hacen El Vuelo del Ángel en el primer intento. Puede que tengas habilidad natural, Max.

"It's a good thing too," says Tío Rodolfo grinning. "Your mother would have killed me if I'd brought *you* back home with a broken leg too."

"The great and mighty Guardian Angel, terrified of Max's mom," declares Vampire Velasquez sarcastically. "You must truly be getting old."

"Speak for yourself." Tío Rodolfo flexes his arms, accentuating his muscular build.

"Put those things away before you hurt somebody. Time passes for everybody, Rodolfo, even for you."

"Haven't you heard that my mask keeps me young?" Tío Rodolfo is making reference to the popular story line from many of his movies—as long as he wears the silver mask with embroidered orange flames, time won't pass for the Guardian Angel.

"And I was trained by the dark lord of hell himself," says Vampire Velasquez with a chuckle. "At the very least that's what they said about me in one of your silly movies."

"Those silly movies paid for your two houses in Veracruz."

"Which my fourth and fifth wives got in the divorce settlements."

"Nobody told you to get married," says Tío Rodolfo.

"If I hadn't, I'd end up an unmarried fool like you. But you know I'm right," says Vampire Velasquez. "You're a good-looking guy, Rodolfo. You could find somebody."

—Y eso es bueno —dice mi tío Rodolfo, sonriendo—. Tu mamá me hubiera matado si a *ti* también te hubiera regresado con una pierna rota.

—El grandioso Ángel de la Guarda, aterrado por la mamá de Max —declara el Vampiro Velásquez sarcásticamente—. Te estás poniendo viejo.

—Lo serás tú —mi tío Rodolfo flexiona sus brazos para acentuar su musculatura.

—Guárdate esas cosas antes de que lastimes a alguien. El tiempo pasa para todos, Rodolfo, hasta para ti.

—¿Qué no has oído decir que mi máscara me mantiene joven? —mi tío Rodolfo hace referencia a una historia popular que aparece en varias de sus películas: mientras use su máscara plateada, adornada con flamas naranjas, el tiempo no pasará para el Ángel de la Guarda.

—Y a mí me entrenó el mismísimo oscuro señor del infierno —dice el Vampiro Velásquez con una risita—. Al menos eso es lo que dijeron de mí en una de tus películas bobas.

—Esas películas bobas pagaron tus dos casas en Veracruz.

—Mi cuarta y quinta esposas se quedaron con ellas cuando me divorcié de ellas.

—Nadie te dijo que te casaras —dice mi tío Rodolfo.

—Si no lo hubiera hecho, me habría quedado solterón como tú. Pero sabes que tengo razón —dice el Vampiro Velásquez—. Eres un tipo bien parecido, Rodolfo. Podrías encontrar a alguien.

"It's time to go," says Tío Rodolfo, cutting him off. "Let's go change. We need to get ready for the gala dinner, and I'm sure Max here is starving."

"You know I'm right," Vampire Velasquez says again. "You can't mourn for her forever, Rodolfo. Just like you can't be the Guardian Angel forever either." But Tío Rodolfo is ignoring Vampiro and already walking towards the dressing room.

"Mourn for who forever?" I ask Vampire Velasquez.

"It's not my story to tell, Max," says Vampiro. He stares at Tío Rodolfo till he disappears into the dressing room.

"Do you really think Tío Rodolfo can't be the Guardian Angel anymore?"

"Nobody can be anything forever, Max. In order for the Guardian Angel to survive, somebody else will eventually have to wear the silver mask with the orange flames." Vampiro puts his right hand on my shoulder. "Is that somebody going to be you, Max?"

"I don't know what you mean."

"Don't be so modest. You know perfectly well what I'm talking about. You want to become the Guardian Angel some day, don't you? But there's one question you'll have to answer before that happens."

"What?"

★ —Es hora de irnos —dice Rodolfo, dándole un cortón al Vampiro Velásquez—. Vamos a cambiarnos. Necesitamos estar listos para la cena de gala, y estoy seguro que Max se está muriendo de hambre.

—Sabes que tengo razón —repite el Vampiro Velásquez—. No puedes sufrir su ausencia para siempre, Rodolfo. Así como no puedes ser para siempre el Ángel de la Guarda—. Pero mi tío Rodolfo ignora al Vampiro Velásquez y va camino a los vestidores.

—¿Sufrir su ausencia para siempre? —le pregunto al Vampiro Velásquez—. ¿La ausencia de quién?

—No es mi historia para contar, Max —dice el Vampiro Velásquez. Se queda viendo al tío Rodolfo hasta que desaparece en su vestidor.

—¿De veras crees que mi tío Rodolfo ya no puede ser el Ángel de la Guarda?

—Nadie puede ser algo para siempre, Max. Para que sobreviva el Ángel de la Guarda, eventualmente alguien más tendrá que usar la máscara plateada con flamas naranjas —el Vampiro pone su mano derecha sobre mi hombro—. ¿Serás tú ese   alguien?

—No sé a qué te refieres.

—No seas tan modesto, Max. Sabes perfectamente de lo que estoy hablando. Tú quieres convertirte en el Ángel de la Guarda algún día, ¿o no? Pero hay una pregunta que tendrás que responder antes de que eso suceda.

—¿Cuál?

"What makes the Guardian Angel more than just a man in a mask?"

"He's the best luchador in the whole world?" My answer makes Vampire Velasquez grimace in disappointment.

"Wrong! When you figure out the answer to that question, then you'll be ready to become the new Guardian Angel."

—¿Qué hace que el Ángel de la Guarda sea más que solo un hombre enmascarado?

—¿Porque es el mejor luchador de todo el mundo? —mi contestación hace que el Vampiro Velásquez haga una mueca de decepción.

—¡Mal! —me dice—. Cuando logres encontrar esa respuesta, entonces estarás listo para ser el Ángel de la Guarda.

15

THE ALL-STARS GALA
LA GALA DE ESTRELLAS

"Hi, Maxi pooh…have you missed me?"

"Paloma," I cry out. I am totally excited to see her, so much so that I start feeling funny again—as if my heart is in danger of bursting out of my chest.

"So this is Maxi pooh?" asks a familiar-looking girl standing next to Paloma. She has long jet black hair and is wearing Goth eye makeup.

"The one and only," says Paloma, giving me a big hug and kiss on the cheek.

—Hola, Maxi pu… ¿me extrañaste?

—¡Paloma! —exclamo. Me emociona mucho verla, tanto que empiezo a sentirme raro otra vez, como si mi corazón estuviera en peligro de salirse de mi pecho.

—¿Así que este es Maxi pu? —pregunta una chica que me parece conocida, parada junto a Paloma. Tiene el cabello largo y negro y usa maquillaje de ojos gótico.

—El mero-mero —dice Paloma, dándome un gran abrazo y un beso en el cachete.

"This is Spooky, by the way," she tells me. "Spooky…meet Max."

"Paloma was right about you, Max," says Spooky.

"What does that mean?" I ask her. With Paloma you just never know.

"She said you were cute—in a dorky sort of way."

"Figures she would say something like that." Paloma just grins at me.

"It's good to see you, Max," says Sonia Escobedo. She is Paloma's aunt, La Dama Enmascarada, one of the most famous luchadoras in the world.

"It's good to see you, Sonia," says my Tío Rodolfo as he gives Sonia a hug.

"You're as beautiful as your mother," says Vampiro grinning. "Did I mention I'm single again?"

"My mother warned me about you," she says with a smile. "She said you were always trying to sweet talk her too."

"Oh yes," says Vampiro. "But alas, her heart belonged to another. Too bad that fool didn't know how to hold on to her, right, Rodolfo?" Vampiro grins at my uncle. "How's your mother and father doing?"

"My mother's doing fine," says Sonia. "But my father passed away two years ago."

"Miguel is dead?" Tío Rodolfo looks surprised. "I'm so sorry. I had no idea."

"He'd been sick the last few years," says Sonia. "You knew my father?"

—Por cierto, esta es Spooky —me dice—. Spooky, te presento a Max.

—Paloma tenía razón acerca de ti, Max —dice Spooky.

—¿Sobre qué? —le pregunto. Con Paloma nunca se sabe.

—Dijo que eras tierno, tontamente tierno.

—Me imaginé que podría decir algo así —Paloma solo sonríe.

—Me da gusto verte, Max —dice Sonia Escobedo, quien está parada junto a mi tío y el Vampiro Velásquez. Ella es la tía de Paloma, y también es la Dama Enmascarada, una de las luchadoras más famosas del mundo.

—Me da gusto verte, Sonia —dice mi tío Rodolfo a la vez que le da un abrazo.

—Eres tan hermosa como tu mamá —dice el Vampiro sonriendo—. ¿Te dije que ya soy soltero de nuevo?

—Mi mamá me advirtió de ti —dice ella con una sonrisa—. Me dijo que siempre estabas coqueteando con ella.

—Pues claro —dice el Vampiro—. Pero, oh, su corazón le pertenecía a otro. Qué lástima que ese tonto no supo quedarse con ella, ¿verdad Rodolfo? —dice el vampiro sonriéndole a mi tío.

—¿Cómo están tu mamá y tu papá?

—Mi amá está bien —dice Sonia—, pero mi apá falleció hace dos años.

—¿Se murió Miguel? —pregunta mi tío Rodolfo, sorprendido—. Lo siento mucho. No sabía.

—Había estado enfermo los últimos años —dice Sonia—. ¿Conociste a mi papá?

"Not very well. But I met him once. Back when you were a baby."

"I didn't know that," says Sonia.

"He was a good man," says my Tío Rodolfo.

"Come with me, Max," says Paloma, pulling on my arm. "There's some kids you need to meet." Paloma drags me over to a table. Five kids are sitting there. The Lucha Libre Club? They all look to be about my age, except for one, a big guy. He's probably a couple of years older than me. He has a little bit of hair on his chin.

"Allow me to introduce you to Max," says Paloma grandly. She places her arms around me as she says this, a move that makes the big boy shoot me a disapproving stare. "I think some introductions are in order. Who will start?"

"As you already know, I'm Spooky," says the girl I just met a minute ago. "But my real name is Natasha." The name still doesn't ring a bell. Where have I seen her before?

"I'm Rene," says a freckled boy with brown hair.

"I'm...I'm...I'm David," says another boy. He's a tall, lanky kid, with thick curly hair that flops over half his face.

"I'm Carlitos," says a tan-skinned boy with curly black hair.

"I'm Gustavo," says a boy wearing a black hoodie and a T-shirt with a drawing of a bat.

—No muy bien —le dice—. Pero lo conocí una vez, cuando eras bebé.

—No sabía eso —dice Sonia.

—Era un buen hombre —dice mi tío Rodolfo.

—Ven conmigo, Max —dice Paloma, jalándome del brazo—. Hay unos chicos que quiero que conozcas —Paloma me jala hacia una mesa donde están sentados cinco chicos. ¿Acaso son ellos? ¿Es el Club de Lucha Libre? Todos se ven como de mi edad, excepto uno que es grandote, como unos dos años mayor que yo. Tiene un poco de pelo en la barbilla.

—Permítanme presentarles a Max —dice Paloma en tono pomposo. Pone sus brazos alrededor de mí mientras lo dice, lo cual hace que el grandote me dispare una mirada de desaprobación—. Creo que deben empezar las presentaciones. ¿Quién empieza? —dice Paloma.

—Como ya sabes, yo soy Spooky —dice la chica que conocí hace unos minutos—. Pero mi nombre real es Natasha —el nombre todavía no me suena. ¿Dónde la he visto antes?

—Yo soy René —dice un niño pecoso con cabello café.

—Yo soy... yo soy... yo soy David —dice otro niño. Es un chico largucho con mucho cabello rizado que cae sobre la mitad de su cara.

—Yo soy Carlitos —dice un niño moreno de cabello ondulado.

—Yo soy Gustavo —dice un niño que usa una sudadera con capucha y una camiseta con el dibujo de un murciélago.

"And I'm Hiro," says the big boy who shot me the disapproving stare earlier when Paloma hugged me. He's huge, a good foot taller than me. Might be Japanese.

"I want to nominate Max here for membership in the Lucha Libre Club," says Paloma.

"Why should we even consider him?" asks Hiro. "Does he have a blood connection to lucha libre like we do?"

Something about the way Hiro says *Why should we even consider him* rubs me the wrong way. It's not what he says, but the way he says it...as if I wasn't even worth considering.

"You could say that," says Paloma, grinning from ear to ear. She walks over to Hiro and whispers something in his ear. Hiro's eyes widen to the size of baseballs.

"The Guardian Angel?" he grimaces.

"No way!" says Rene in awe.

"That's right!" says Paloma. "Max here is the nephew of the one and only Guardian Angel!"

—Y yo soy Hiro —dice el grandote que me echó la mirada de desaprobación cuando me abrazó Paloma. Es enorme, como un pie más alto que yo. A lo mejor es japonés.

—Quiero nominar a Max para ser miembro del Club de la Lucha Libre —dice Paloma.

—¿Y por qué deberíamos considerarlo siquiera? —pregunta Hiro—. ¿Tiene una liga o conexión con la lucha libre como todos nosotros?

Me molesta algo de la manera en que Hiro dijo *por qué deberíamos considerarlo* siquiera. No es lo que dice sino cómo lo dice... como si yo no mereciera la más mínima consideración.

—Algo así —dijo Paloma con una sonrisa de oreja a oreja. Se acerca a Hiro y le dice algo al oído. Los ojos de Hiro crecen como pelotas de beisbol.

—¿El Ángel de la Guarda? —hace una mueca.

—¡No puede ser! —dice Rene con asombro.

—¡Así es! —dice Paloma—. ¡Max es sobrino del mismísimo Ángel de la Guarda!

16

THE LUCHA LIBRE CLUB
★ ★ ★ ★ ★ ★ ★
EL CLUB DE LUCHA LIBRE

"This is so cool," says Rene for what must be the thirtieth time. "The nephew of the Guardian Angel is going to be in *our* club!"

All in all, there are seven kids in the room, five boys and two girls.

"My uncle will be back in about an hour," says the boy named Carlitos. "So we best get down to business."

"Ok," says Paloma. "As I said earlier, I want to sponsor Max for membership in the Lucha Libre Club."

—Qué súper chido —dice René por treintagésima ocasión—. ¡El sobrino del Ángel de la Guarda será miembro de *nuestro* club!

En total hay siete chicos en el cuarto, cinco hombres y dos mujeres.

—Mi tío va a venir en una hora más o menos —dice el niño llamado Carlitos—. Así que a lo que venimos.

—Está bien —dice Paloma—. Como les dije hace rato, yo quiero ser madrina de Max para que entre al Club de Lucha Libre.

She gestures for me to come and stand next to her. "Do I have a second sponsor so we can bring him up to a vote?" All hands go up except for Hiro's. He grunts in disapproval. "Okay," says Paloma. "We have a majority. Let's start voting."

"I vote no," says Hiro immediately. Geez, he isn't even trying to hide his disdain.

"I vote yes," says Rene. "A hundred times...yes!"

"I still vote no," says Hiro.

"To have the nephew of the most famous luchador in the world in our club is a no brainer," says Spooky. "I vote yes!"

"Second most famous luchador in the world," says Hiro.

"I beg your pardon," says Paloma. "The Great Tsunami may be a wrestling legend in Japan, but he lost to the Guardian Angel."

Did Paloma just say that Hiro is related to the Great Tsunami? No wonder he hates my guts! Heralded as the giant from the East, the Great Tsunami was undefeated for years. But when the Guardian Angel did a wrestling tour of Japan back in the 80s, he not only defeated the Great Tsunami, but broke his unbreakable full nelson, the Rack of Death! I remember watching clips of the match on YouTube. At over seven feet tall, Tsunami was one of the few luchadores in the world who actually towered over the Guardian Angel. He had the Guardian Angel trapped in his Rack of Death. The only way to escape was to overpower the Great Tsunami—an impossible task.

Me hace una señal para que me acerque y me pare junto a ella. —¿Alguien más que lo quiera apadrinar para ponerlo a votación? —todas las manos se alzan, excepto la de Hiro. Gruñe en señal de rechazo—. Okey —dice Paloma—. Tenemos mayoría. Ahora sí, a votar.

—Yo voto que no —dice Hiro inmediatamente. Mira hacia el cielo; ni siquiera trata de esconder su desprecio.

—Yo voto que sí —dice René—. Cien veces ¡sí!

—Sigo votando que no —dice Hiro.

—Ni modo de no tener en nuestros club al sobrino del luchador más famoso del mundo —dice Spooky—. ¡Yo voto que sí!

—El segundo luchador más famoso del mundo —dice Hiro.

—¿Perdón? —dice Paloma—. El Gran Tsunami será leyenda en Japón, pero lo venció el Ángel de la Guarda.

¿Paloma acaba de decir que Hiro es pariente del Gran Tsunami? ¡Con razón me detesta! Conocido como el gigante del oriente, el Gran Tsunami se mantuvo invicto durante muchos años. Pero cuando el Ángel de la Guarda hizo una gira por Japón en los ochentas, no solo lo venció sino que rompió también su inquebrantable Nelson completa, llamada ¡El Potro de la Muerte! Recuerdo haber visto fragmentos del encontronazo en YouTube. Con más de siete pies de altura, el Tsunami era uno de los pocos luchadores que era más alto que el Ángel de la Guarda. Tenía al Ángel de la Guarda atrapado en su inquebrantable Nelson completa, el Potro de la Muerte. La única manera de escapar era subyugando al Gran Tsunami, una tarea imposible.

But the Guardian Angel stunned the wrestling world when he found a way to break free. Not only that, but he judo-flipped the Great Tsunami half way across the ring. He then raised the stunned Tsunami up into the air and delivered his own finishing maneuver: the Hand of God! Tsunami lay nearly unconscious on the mat as the Guardian Angel pinned him and handed him his first and only defeat! His son, the Great Kabuki, tried to avenge his father's defeat a few years later, but he fell victim to the Guardian Angel's finishing maneuver just like his father.

"I still vote no," says Hiro.

"To have the nephew of the Guardian Angel in our club would be an honor," says David. "I vote yes!"

"Me too," says Carlitos.

"I vote yes," adds Gus.

"And I'm a yes too, of course," says Paloma, winking at me. "That's six for and one against. Hiro grunts in disapproval. "Welcome to the Lucha Libre Club, Max!"

Hiro rises up from his seat and walks over as if to congratulate me, but bumps me hard on the shoulder instead. "Why don't you watch where you're going?" he tells me.

"Don't worry about Hiro," says Paloma, stepping between the two of us. "He just can't stand it that there is somebody in the club now with a more famous relative than his."

Pero el Ángel de la Guarda sorprendió al mundo de la lucha libre al encontrar una forma de liberarse. No solo eso sino que lanzó al Gran Tsunami al otro lado del ring con un movimiento de judo. Entonces levantó al atontado Tsunami en el aire y aplicó su propia maniobra finalizadora, ¡la Mano de Dios! Tsunami estaba casi inconsciente sobre la lona mientras el Ángel de la Guarda lo sujetaba propinándole así ¡su primera y única derrota! Años después su hijo, el Gran Kabuki, trató de vengar la derrota de su padre pero también cayó víctima de la maniobra finalizadora del Ángel de la Guarda, igual que su papá.

—Sigo votando que no —dice Hiro.

—Sería un honor tener como miembro de nuestro club al sobrino del Ángel de la Guarda —dice David—. ¡Yo voto que sí!

—Yo también —dice Carlitos.

—Yo voto que sí —agrega Gus.

—Y yo también soy un sí, por supuesto —dice Paloma, haciéndome un guiño—. O sea, seis a favor y uno en contra. Hiro lanza un gruñido de desaprobación—. ¡Bienvenido al Club de Lucha Libre, Max!

Hiro se levanta de su asiento y se acerca como si fuera a felicitarme; pero, en lugar de eso, me da un fuerte golpe en el hombro. —¡Fíjate bien por dónde pasas! —me dice.

—No te preocupes por Hiro —dice Paloma, metiéndose entre nosotros—. Es que no soporta que ahora, en el club, haya una persona con un pariente más famosos que el suyo.

If looks could kill, Paloma and I would be down for the count and more.

"I think more PROPER introductions are in order," says Spooky quickly.

"Me first!" says Rene.

"Fine," says Paloma. You go first, Rene."

"My name is Rene. I'm the son of the Masked Librarian." He reaches into his back pocket and produces a green and blue mask with an open book design on its forehead.

"The Masked Librarian is your dad?" I ask. "That is so cool! Is it true that he wrestles to raise money to buy books for kids?"

"It's true," says Rene. "When my dad isn't wrestling, he's a part-time librarian in our hometown."

"I'm...I'm David," says the boy who seems to be the shy kid in the group. He's about my age too, I'm guessing, pretty tall, but not a giant like Hiro. "My...my...my uncle is the Aztec Mummy."

"Wow!"

"Yes," says David, smiling and fidgeting nervously. The Aztec Mummy is an international superstar who has actually played the villain in two of the Guardian Angel's movies, *The Curse of the Aztec Mummy* and *The Aztec Mummy's Revenge*. He's heralded as being the reincarnation of the evil Pharaoh from Egypt.

"You'll have to forgive David," says Paloma. "He can be a bit shy at times."

"As you already know, Max, I'm Spooky, and I'm the daughter of Dogman Aguayo."

—Si las miradas mataran, Paloma y yo estaríamos seis pies abajo.

—Creo que la ocasión amerita presentaciones más FORMALES —dice Spooky rápidamente.

—¡Yo primero! —dice René.

—Bueno —dice Paloma—. Tú primero, René.

—Mi nombre es René alias... Soy el hijo del Bibliotecario Enmascarado —saca de su bolsillo trasero una máscara verde y azul con el diseño de un libro abierto en la frente.

—¿El Bibliotecario Enmascarado es tu papá? —le pregunto a René—. ¡Eso es súper chido! ¿Es verdad que lucha para juntar dinero y comprarle libros a sus hijos?

—Es cierto —dice René—. Cuando mi papá no lucha es bibliotecario de medio tiempo en nuestro pueblo.

—Yo soy... Yo soy David —dice el niño que parece ser el tímido del grupo. Debe tener como mi edad. Es bastante alto, pero no gigante como Hiro—. Mi... mi... mi tío es la Momia Azteca.

—¡No puede ser!

—Sí —dice David, sonriendo y moviéndose nerviosamente. La Momia Azteca es una súper estrella internacional. La ha hecho de villano en dos películas del Ángel de la Guarda, *La maldición de la Momia Azteca* y *La venganza de la Momia Azteca*. Se ha dicho que es la reencarnación de un maléfico faraón egipcio.

—Tendrás que perdonar a David —dice Paloma—, a veces puede ser un poco tímido.

—Como ya sabes, Max, yo soy Spooky, la hija del Perro Aguayo.

How can a hideous fiend like Dogman Aguayo have fathered a daughter as pretty as Spooky? She must get her looks from her mom's side of the family.

"Don't let the fact that I'm a girl fool you, Max," she tells me. "I'm just as mean as my daddy in the ring, maybe even meaner."

Okay!

"I'm Carlitos," says the tan boy with curly black hair. "My uncle is the mighty Prince Puma from Brazil." Prince Puma is one of the most athletic high fliers in lucha libre.

"I saw your uncle deliver the Leap of Death to the Grim Reaper at a wrestling show in Dallas once," I say. "It was awesome!"

"I hope to be as great as my uncle someday," says Carlitos.

"I'm Gustavo," says the boy wearing the black hoodie and bat T-shirt. "Everyone just calls me Gus. Vampire Velasquez is my grandfather."

"No way!"

"Yes, way." Gus flashes me a glimpse of his choppers to show me that he inherited his grandfather's teeth.

"You know my story already," says Paloma. "I'm the daughter of Flama Roja and the niece of La Dama Enmascarada."

"And I'm Hiro," says the one kid in the group who voted against me. "I'm the son of the Great Kabuki and the grandson of the Great Tsunami, the greatest luchador ever!"

★ ¿Cómo es que un horroroso demonio como el Perro Aguayo es el papá de una chica tan bonita como Spooky? La belleza debe venirle del lado de su mamá.

—No te dejes llevar por el hecho de que soy mujer, Max —me dice—. Soy tan mala como mi papito en el ring, quizás más mala.

¡Órale!

—Soy Carlitos —dice el niño moreno con cabello rizado negro—. Mi tío es el poderoso Príncipe Puma de Brasil —el Príncipe Puma es uno de los voladores más atléticos de la lucha libre.

—Una vez yo lo vi lanzándose con un Salto Mortal sobre la Santa Muerte en Dallas —le digo a Carlos—. ¡Estuvo impresionante!

—Espero ser algún día tan grande como mi tío —dice Carlitos.

—Yo soy Gustavo —dice el niño que trae una sudadera con capucha negra y una camiseta con un murciélago—. Todos me dicen Gus. Soy el nieto del Vampiro Velásquez.

—¡No puede ser!

—¡Sí puede ser! —dice Gus, sonriendo. Me muestra por un momento sus colmillos para que vea que heredó los dientes de su abuelo.

—Ya conoces mi historia —dice Paloma—. Soy hija de Flama Roja y sobrina de la Dama Enmascarada.

—Y yo soy Hiro —dice el único chamaco que votó en contra—. Soy hijo del Gran Kabuki y nieto del Gran Tsunami, ¡el luchador más grande que jamás haya existido!

I can tell that Hiro isn't even going to try to be my friend. Well, two can play that game.

"And I'm Max," I tell him. I walk right up to him and stare in his eyes. "I'm the great-nephew of the Guardian Angel, the undisputed king of lucha libre!" The tension between us is so thick you could slice it with a folding chair to the top of your head.

★ Se nota que Hiro ni siquiera va a intentar ser mi amigo. No importa, dos podemos jugar el mismo juego.

—Y yo soy Max —le digo. Camino, me paro frente a él y lo miro fijamente a los ojos—. Soy el sobrino-nieto del Ángel de la Guarda, ¡el indiscutible rey de la lucha libre! La tensión entre nosotros es tan espesa que podrías rebanarla con el golpe de una silla plegable sobre la cabeza de tu oponente.

17

THE MYSTERY OF SPOOKY
★ ★ ★ ★ ★ ★ ★
EL MISTERIO DE SPOOKY

"Where do I know you from?" I ask Spooky when I see her later. She's waiting for the elevator. "I've seen you somewhere before, but I just can't figure out where."

"We've never met before tonight—not in person anyway. But I do know you, or rather, I know about you."

"What do you mean?"

—¿De dónde te conozco? —le pregunto a Spooky cuando la encuentro más tarde en el lobby—. Sé que te conozco desde antes, o por lo menos te he visto en algún lugar, pero no me acuerdo de dónde.

—No nos hemos conocido antes de esta noche, al menos no en persona. Pero sí te conozco; o más bien, sé de ti.

—¿Cómo es eso?

"I know you're from Rio Grande City. I also know you're in the sixth grade, and that you have a sister named Rita who taught you how to dance. You just had a birthday a few months ago, and you dressed as the Guardian Angel for your junior high Halloween dance."

"How do you know all that?" It's like she's reading my whole life story from a book! I jump in the elevator with her before the doors shut.

"I also know that you and Cecilia Cantu were, at one time, boyfriend and girlfriend, and that she was the first girl you ever kissed."

"How do you know about Cecilia?"

"Because Cecilia is my friend," she tells me as the elevator doors open and she walks out.

"Your friend?" I run after her. She takes out her phone and starts typing on it. What's she doing? My phone begins to vibrate letting me know that I have a message, a friend request on my chat page to be exact. It's from Spooky. It shows her in a picture sitting next to Cecilia Cantu at a pizza place. That's when it hits me. She's the girl from the picture on Cecilia's web page. The girl wearing Goth eye makeup is Spooky!

"Cecilia told me all about how you got jealous of Mike."

"I didn't get jealous of Mike." That's a lie of course.

"She was telling you the truth, Max," says Spooky. "Her and Mike are just friends. Kind of like you and Paloma are just friends."

—Sé que eres de Río Grande City. También sé que estás en sexto grado, y que tienes una hermana que se llama Rita que te enseñó a bailar. Hace pocos meses que cumpliste años, y te disfrazaste de Ángel de la Guarda para la fiesta de Halloween de tu escuela.

—¿Cómo sabes todo eso? —¡es como si estuviera leyendo la historia de mi vida en un libro! Rápidamente brinco al interior del ascensor antes de que se cierre la puerta.

—También sé que tú y Cecilia Cantú fueron novios, y que ella fue la primera chica que besaste.

—¿Cómo conoces a Cecilia?

—Porque Cecilia es mi amiga —me dice mientras se abre la puerta del ascensor en su piso y ella sale caminando.

—¿Tu amiga? —corro tras ella. Ella saca su teléfono y empieza a escribir. ¿Qué está haciendo? Mi teléfono empieza a vibrar diciéndome que tengo un mensaje, la solicitud de amistad de mi página de chat para ser más preciso. Es de Spooky y muestra una foto donde está ella sentada junto a Cecilia Cantú en una pizzería. Entonces fue que caí en la cuenta. Ella es la chica de la foto que está en la página web de Cecilia. ¡Spooky es la chica que usa maquillaje de ojos gótico!

—Cecilia me dijo cómo te pusiste celoso por Mike.

—No me puse celoso por Mike —lo cual es una mentira, por supuesto.

—Te estaba diciendo la verdad, Max —dice Spooky—. Ella y Mike son solo amigos. Como tú y Paloma son amigos.

I cringe.

"Do you still love Cecilia Cantu, Max?"

"Yes," I tell her. *But I don't know anymore.*

"Then why did you let her go?" she asks me. "Why didn't you fight for her?"

"Because I was hurting her," I tell her. "She told me so."

"So you let her go because you didn't want to hurt her? That's very noble of you. If that's really why you let her go, I mean."

"Why else would I have done it?"

"You do know that Paloma has feelings for you, right?"

"Yes." But the real question is whether I'm starting to have feelings for her, too.

"And while you say you are in love with Cecilia, you do feel something for Paloma too, don't you?"

"It's complicated," I tell her. My words make Spooky raise her right eyebrow.

"Do you know why Hiro hates you?"

"Because my great-uncle beat both his dad and grandfather?" I tell her.

"Besides that?"

"Why else would he hate me?"

"Because Paloma likes you," says Spooky.

"Why should that matter to him?"

"Hiro and Paloma used to be boyfriend and girlfriend."

★ ¡Trágame tierra!

—¿Todavía quieres a Cecilia Cantú, Max?

—Sí —le digo. "¿De veras la quiero? Ya ni sé."

—¿Entonces por qué la dejaste ir? —me pregunta—. ¿Por qué no peleaste por ella.

—Porque la estaba lastimando —le digo—. Ella me lo dijo.

—¿Así que la dejaste porque no querías lastimarla? ¡Cuánta nobleza! Si es que esa es la verdadera razón porque la dejaste ir.

—¿Por qué otra razón lo habría hecho?

—Sí sabes que Paloma tiene sentimientos por ti, ¿o no?

—Sí —pero aquí la verdadera pregunta es si yo también tengo sentimientos por ella.

—Y aunque digas que quieres a Cecilia, también sientes algo por Paloma, ¿cierto?

—Es complicado —le digo. Mis palabras hacen que Spooky levante la ceja derecha.

—¿Sabes por qué Hiro te odia?

—¿Porque mi tío abuelo le ganó a su papá y a su abuelo?

—Además de eso.

—¿Por qué otra razón me iba a odiar?

—Porque le gustas a Paloma —dice Spooky.

—¿Y a él qué le importa?

—Le importa porque él y Paloma fueron novios.

"No way!" So Hiro is the jerk who dumped her. That sure does explain a lot. "But if he broke up with her, then why is he mad at me?"

"Maybe because he still likes her? You look confused, Max."

"I am."

"Let me explain things to you, okay? You love Cecilia Cantu, but you had to let her go because you were hurting her. Right?"

"That's right."

"And apparently Paloma is in love with you. Right? And you have feelings for Paloma. Right?"

"Yes," I tell her.

"But Hiro apparently still likes Paloma and regrets dumping her maybe?"

"It would seem so."

"But Paloma doesn't like Hiro anymore. She likes you."

"I guess."

"Max?"

"Yes?"

"Has your love life always been this complicated?"

"I don't mean it to be. I really don't." I plop onto the sofa next to the elevator.

Spooky stares at me. "Cecilia and Paloma are both right about you, Max." She leans over and pats me on the head as if I were a puppy. "They both say you are really cute, but you just don't understand girls at all."

—¡No puede ser! —así que Hiro es el menso que la dejó. Eso sí que aclara las cosas—. Pero si él rompió con ella, ¿por qué está enojado conmigo?

—¿Porque todavía le gusta? Te ves echo bolas, Max.

—Lo estoy.

—Déjame explicarte las cosas, ¿okey? Tú quieres a Cecilia Cantú, pero la tuviste que dejar ir porque la lastimabas. ¿Verdad?

—Así es.

—Y aparentemente Paloma está enamorada de ti. ¿Verdad? Y tú tienes sentimientos por Paloma. ¿Verdad?

—Sí —le digo.

—Pero a Hiro aparentemente todavía le gusta Paloma y quizás se arrepiente de haberla dejado.

—Así parece.

—Pero a Paloma ya no le gusta Hiro. Le gustas tú.

—Parece que sí.

—¿Max?

—¿Sí?

—¿Siempre ha sido tan complicada tu vida amorosa?

—No es mi intención, de veras —me dejo caer sobre el sofá que está junto al ascensor.

Spooky se queda mirándome. —Cecilia y Paloma tienen razón acerca de ti, Max —Spooky se acerca y me da palmaditas en la cabeza como si yo fuera un perrito—. Las dos dicen que eres muy tierno, pero no entiendes para nada a las mujeres.

I *don't* understand girls at all! One minute they're happy, the next minute they're sad. First they say they love you. Then all of a sudden they want to break up with you. If this is what love is like, then I give up. I quit!

"Are you going to call Cecilia and let her know you're here?"

"Well, I told her I would, but now I'm not sure. I just don't know," I tell her. "I've already said goodbye to her twice. I'm not sure I can handle a third time."

Spooky walks over to the hotel room where Paloma is staying with her aunt Sonia Escobedo. As she opens the door, I see Paloma sitting on the bed watching television.

"Maxi pooh," she cries out when she sees me. She gives me a wink and blows me a kiss.

"She really likes you, Max," whispers Spooky.

★ ¡*No* las entiendo para nada! En un momento están felices, luego en otro están tristes. Primero dicen que te quieren. Luego, de repente, quieren cortar contigo. Si esto es el amor, yo renuncio. ¡Renuncio!

—¿Piensas hablarle a Cecilia para decirle que estás aquí?

—Bueno, le dije que le llamaría, pero ahora no estoy seguro. No sé —le digo—. Ya van dos veces que me despido de ella. No estoy seguro que yo aguantaría una tercera vez.

Spooky camina hacia la habitación donde Paloma se queda con su tía Sonia Escobedo. Mientras abre la puerta, puedo ver a Paloma sentada en la cama, mirando la tele.

—Maxi pu —me grita cuando me ve. Me hace un guiño y me avienta un beso.

—De veras le gustas, Max —murmura Spooky.

18

YOU HAVE A GIFT, MAX
★ ★ ★ ★ ★ ★ ★
TIENES UN DON, MAX

"You have the gift, Max," says Vampiro Velasquez as he gestures for me to attack him again.

"The gift?"

"The gift of *je ne sais quoi* when it comes to women," he tells me as he whips me around and captures me in a headlock.

"*Je ne sais what*?"

"You have that special something that makes you totally irresistible to women."

—Tienes el don, Max —dice el Vampiro Velásquez mientras señala que lo ataque de nuevo.

¿El don?

—Ese *ye ne se cua* con respecto a las mujeres —me dice a la vez que me chicotea, me hace girar y me captura con un candado de cabeza.

—¿*Ye ne se qué*?

—Tienes ese algo especial que te vuelve irresistible a las mujeres.

I had decided to turn to Vampire Velasquez for advice on the whole situation with Cecilia and Paloma. My quest for guidance however quickly turned into a midnight lucha libre lesson in the hotel's gymnasium.

"I'm not irresistible to women. I don't even understand them." I slip out of his headlock and trap his right arm in a hammerlock. I apply pressure, forcing him down to one knee. "One minute they're happy and the next they're sad. First they like you and then they just want to be your friend. Who knows what they want?"

"If I knew the answer to that question, I wouldn't have been divorced nine times." Vampire Velasquez slips out of my hammerlock and trips me with a leg sweep.

"Earlier this morning, you told Tío Rodolfo that he can't keep mourning forever for some woman." I catch my breath on the mat. "He can't keep mourning for who?"

"I guess if you're going to be the new Guardian Angel someday, then you should know. Maybe hearing this story will keep you from making the same mistake your uncle did."

"Tell me."

"Ok, here's the story of the Guardian Angel's one true love," says Vampire Velasquez. He's always dramatic. He blames it on the fact he studied theater in college.

"Tío Rodolfo was in love?"

⭐ Decidí pedirle consejo al Vampiro Velásquez acerca de la situación con Cecilia y Paloma. Sin embargo mi búsqueda de iluminación pronto se convirtió en una lección de lucha libre de media noche en el gimnasio del hotel.

—No soy irresistible a las mujeres —me deslizo fuera de su candado y atrapo su brazo para aplicarle otro. Aumento la presión, obligándolo a bajar una rodilla—. Un momento están felices, y luego están tristes al siguiente. Primero les gustas y luego solo quieren ser tus amigas. ¿Sabes lo que quieren?

—Si supiera la respuesta, Max, no me hubiera divorciado nueve veces —el Vampiro Velásquez se deshace de mi candado y me hace tropezar con una barrida de pierna.

—Más temprano esta mañana le dijiste a mi tío Rodolfo que no puede seguir de luto para siempre por la misma mujer —le pregunto mientras agarro aire en la lona del ring—. ¿Luto por quién?

—Pero supongo que si algún día serás el nuevo Ángel de la Guarda, entonces deberías saber. Conocer esta historia tal vez te ayudará a no hacer lo que hizo tu tío.

—Cuéntame.

—Muy bien. Esta es la historia del único y verdadero amor del Ángel de la Guarda —dice dramáticamente el Vampiro Velásquez. Siempre es muy dramático. Le echa la culpa al haber estudiado teatro en la universidad.

—¿Mi tío Rodolfo, enamorado?

"With wild abandon," says Vampire Velasquez, placing his hands over his heart.

"With who? Tío Rodolfo never talks much about his past."

"Have you ever heard of a luchadora named Estrella de Plata?"

"Of course. She was the women's world champion back in the early eighties. Her and Tío Rodolfo dated?"

"They did more than just date, Max. They were in love. Her real name was Maya, and for five long years, she and your tío Rodolfo were inseparable. They were even engaged at one point."

"So what happened?"

"Maya got tired of waiting for your uncle."

"Waiting for what?"

"She wanted a family, but your tío Rodolfo was well on his way to becoming the biggest lucha libre star in the world. He had to decide what he loved more: Maya or being the Guardian Angel."

"And he chose to be the Guardian Angel?"

"He sure did," says Vampiro. "And I think it's a decision he's regretted ever since."

"Did he ever try and get her back?"

"He did," says Vampire Velasquez. "Five years after they went their separate ways, he realized what a horrible mistake he'd made."

"And?"

—Perdidamente —dice el Vampiro Velásquez poniendo las manos sobre su corazón.

—¿De quién? Mi tío Rodolfo no habla mucho sobre su pasado.

—¿Has oído hablar de una luchadora conocida como Estrella de Plata?

—Por supuesto. Ella fue la campeona mundial de mujeres a principios de los ochentas. ¿Ella y mi tío Rodolfo anduvieron juntos?

—Hicieron más que eso, Max, estaban enamorados. Su verdadero nombre era Maya, y por cinco largos años fueron inseparables. Hasta llegaron a estar comprometidos para casarse.

—¿Y qué paso?

—Maya se cansó de esperar a tu tío.

—¿Esperarlo?

—Ella quería una familia, pero tu tío Rodolfo ya estaba encaminado a convertirse en la estrella mundial más grande de la lucha libre. Tuvo que decidir lo que amaba más: Maya o a ser el Ángel de la Guarda.

—¿Y decidió ser el Ángel de la Guarda?

—Así es —dice el Vampiro—. Y creo que es una decisión de la cual se arrepintió después.

—¿Nunca trató de recuperarla?

—Sí lo hizo —dice el Vampiro Velásquez—. Cinco años después de que emprendieron caminos diferentes, se dio cuenta del terrible error que había cometido.

—¿Y?

"It was too late. She'd moved on. She was married to another man by then. She also had a two-year-old daughter, a beautiful little girl named Sonia Escobedo."

"Wait a minute. Are you trying to tell me that Tío Rodolfo dated La Dama Enmascarada's mother?"

"He did," says Vampiro. "He went on to become the greatest luchador who ever lived, as you well know. He became famous beyond his wildest dreams and changed the sport of lucha libre forever. He made all of us famous too in the process. Still, I can't help but think that maybe your tío Rodolfo chose poorly."

"I had no idea," I tell him. "Does he know who Sonia's mother is?"

"Of course he does," says Vampiro. "He knew it the minute he saw Sonia at the Backbreaker Bar. She's the spitting image of her mother at that age. That's why he talked her into putting on the mask of La Dama Enmascarada and returning to the ring. In a way, Max, La Dama Enmascarada is the daughter that the Guardian Angel could have had."

Just then we catch sight of Hiro and his father, the Great Kabuki, walking down the hall. Hiro scowls at me.

"Haven't even had your first professional wrestling match yet, Max, and you're already making enemies," says Vampiro with a grin.

"I don't have a problem with Hiro," I tell Vampiro Velasquez. "But he seems to have one with me. He hates me because the Guardian Angel beat his grandfather the Great Tsunami."

—Fue demasiado tarde. Ella había continuado su camino. Para entonces ya se había casado con otro hombre. También tenía una hijita de dos años, una hermosa pequeñita llamada Sonia Escobedo.

—Espera un momento. Me estás tratando de decir que mi tío Rodolfo era novio de la mamá de la Dama Enmascarada?

—Así es —dice el Vampiro—. Prosiguió a convertirse en el más grande luchador que ha vivido, como ya lo sabes. Se volvió más famoso de lo que podía imaginarse y cambió a la lucha libre para siempre. Y en el camino nos volvió famosos a todos nosotros. Aún así, no dejo de pensar que tu tío Rodolfo tomó una mala decisión.

—No tenía idea —le digo—. ¿Él sabe quién es la mamá de Sonia?

—Claro que sí —dice el Vampiro—. Lo supo el mismo momento que la vio en el Bar La Quebradora. Es igualita a su mamá a esa edad. Por eso la convenció de que se pusiera la máscara de la Dama Enmascarada y regresara al ring. No estoy exagerando al decir que la Dama Enmascarada pudo haber sido la hija del Ángel de la Guarda.

Entonces nos damos cuenta de que Hiro y su papá, el Gran Kabuki, vienen caminando por el vestíbulo. Hiro me lanza una mirada enfurruñada.

—Todavía no has tenido tu primera lucha profesional, Max, y ya estás haciendo enemigos —dice el Vampiro con una sonrisa.

—Yo no tengo problema con Hiro —le digo al Vampiro Velásquez—. Pero él parece tener uno conmigo. Me odia porque el Ángel de la Guarda venció a su abuelo, el Gran Tsunami.

"Oh yes," declares Vampiro. "I remember it like it was only yesterday. You know, Max...I taught your uncle how to get out of Tsunami's Rack of Death."

"Really? But how was he able to overpower Tsunami? That giant is bigger and stronger than him."

"Who says he overpowered him? The man was a monster, there's no way even the mighty Guardian Angel could do that."

"So how did he do it?"

"Come here, Max," says Vampiro, gesturing for me to attack him once again. "I'll show you how."

—Oh sí —declara el Vampiro—. Lo recuerdo como si hubiera sido ayer. ¿Sabes qué, Max?, yo le enseñé a tu tío cómo salirse de El Potro de la Muerte.

—¿De veras? Pero cómo fue que logró dominar a Tsunami. Ese gigante es más grande y más fuerte que él.

—¿Quién dice que lo dominó? Ese hombre era un monstruo, ni siquiera el Ángel de la Guarda lo hubiera logrado.

—¿Entonces cómo lo hizo?

—Ven acá, Max —dice el Vampiro, señalándome que lo ataque de nuevo—. Yo te enseño cómo.

19
THE LETHAL LOTTERY
★ ★ ★ ★ ★ ★ ★
LA LOTERÍA LETAL

"Where did you take off to, Max?" asks Rene as soon as I open my hotel room door. "We were looking for you last night. We wanted to see if you wanted to go to the pool later today."

"I went to the gym with Vampire Velasquez."

"To do what?"

"To train."

"You were training with Vampire Velasquez?"

"Well...yes."

—¿A dónde te fuiste, Max? —pregunta René tan pronto abro la puerta de la habitación del hotel—. Anoche te estábamos buscando. Queremos saber si te gustaría ir a la piscina con nosotros ahora más tarde.

—Fui al gimnasio con el Vampiro Velásquez —le digo.

—¿Para qué?

—Para entrenar.

—¿Estabas entrenando con el Vampiro Velásquez?

—Pues... sí.

For the first time, I realize just how lucky I am to be able to say that. I mean, how many kids—except maybe Gus—can say they've trained in the ring with Vampire Velasquez, one of the greatest luchadores ever?

"You're so lucky," says Rene. "Any chance he could give me a lesson too?"

"I'm not sure. I guess I could ask him. Or Gus could ask him."

"Wow! I'm going to train with Vampire Velasquez!" Rene is all excited.

"I only said I would ask him," I remind him. But it's too late. Rene is already picturing himself standing in the ring with one of the greatest luchadores in the history of the world.

After I get ready, we go down to the lobby for some breakfast. The rest of the guys, minus Hiro, are waiting for us. We change the television station to the channel that carries Lucha Libre USA, one of Don Salvador's wrestling television shows. The commentator is hyping tonight's Big Brawl wrestling card.

"So what did Vampiro Velasquez teach you?" asks Rene. But right then, Hiro walks into the room and sits at the table with us. He says hi to everybody except me.

"This is so exciting!" says Gus. They're about to announce the teams for tonight's Super Brawl wrestling card. "Who do you think will end up tag teaming with the Guardian Angel?"

Por primera vez me doy cuenta de lo suertudo que soy para poder decir eso. Digo, ¿cuántos chicos (excepto quizás Gus) podrían decir que han entrenado en un ring con el Vampiro Velásquez, uno de los más grandes luchadores que existe?

—Eres bien suertudo —dice René—. ¿Habrá chance de que me dé una lección a mi también?

—No estoy seguro. Quizás podría preguntarle. O Gus podría preguntarle.

—¡Guau! ¡Voy a entrenar con el Vampiro Velásquez! —René está emocionado

—Solo dije que le preguntaría —le recuerdo. Pero es demasiado tarde: René ya se imagina compartiendo el ring con uno de los más grandes luchadores de la historia del mundo.

Después de alistarme, bajamos al lobby por el desayuno. El resto de los chicos, excepto Hiro, nos están esperando. Cambiamos la televisión al canal de la Lucha Libre USA, uno de los programas de don Salvador. El anunciador está promoviendo la Gran Bronca de esta noche.

—¿Qué te enseñó el Vampiro Velásquez? —pregunta René. Pero antes de poderle contestar, Hiro entra y se sienta en la mesa con nosotros. Saluda a todos menos a mí.

—¡Qué emocionante! —dice Gus. Está por anunciar los relevos para la Gran Bronca de esta noche—. ¿Quién crees que será pareja del Ángel de la Guarda?

Rather than going the traditional route of having established teams compete for the titles, Tío Lalo—in his new role as writer—came up with an innovative concept. All the participants' names would be placed in a computer and randomly selected to team up and compete for the world tag team titles. Tío Lalo called it *The Lethal Lottery*, and the possibilities are endless. We could have actual tag team partners like the Medical Assassins and Dogman Aguayo and Caveman Galindo end up having to fight against each other. Combined with the return of Vampire Velasquez to the ring, the Big Brawl wrestling card is going to be epic!

Soon we learn that Dogman Aguayo will be teaming up with... the Mayan Prince? To have a rudo and a technico—a villain and a good guy—working together as a tag team is unheard of. That's just plain crazy! King Scorpion will be teaming up with...the Ton Jackson? An aerial flyer teaming up with a 350-pound unmovable object? That's about as different as two luchadores can get.

The current tag team of Apocalypse and Armageddon get lucky and end up wrestling together. That will give them a big advantage over their opponents. The list of unlikely pairings continues till the name of the Guardian Angel is finally called. The ring announcer on the television declares that the Guardian Angel will be teaming up with...Vampire Velasquez!

"It can't be," says Rene. Even Hiro's usual look of disinterest is replaced by a look of disbelief. Vampire Velasquez will be the Guardian Angel's tag team partner!

En lugar de seguir la ruta tradicional de relevos establecidos compitiendo por el título, tío Lalo —en su nuevo papel de escritor— inventó un nuevo concepto. Todos los nombres de los participantes se meterán a una computadora y ésta seleccionará, de manera aleatoria, los relevos que competirán por los títulos mundiales. Tío Lalo lo llamó *La Lotería Letal*, y las posibilidades eran infinitas. Podría haber relevos formados por el Perro Aguayo, el Médico Asesino y el Cavernario Galindo, quienes tendrían que luchar unos contra otros. Combinada con el retorno al ring del Vampiro Velásquez, ¡la Gran Bronca promete ser épica!

Pronto nos enteramos de que el Perro Aguayo hará equipo con... ¿el Príncipe Maya? Es inaudito tener a un rudo y a un técnico —un villano y uno bueno— compitiendo juntos como relevos. ¡Es una locura! El Rey Escorpión hará equipo con... ¿la Tonina Jackson? ¿Un volador reunido con un objeto inamovible de 350 libras? No podría haber mayor diferencia entre dos luchadores.

Los relevos Apocalipsis y Armagedón tienen suerte porque van a luchar juntos. Eso les dará una gran ventaja sobre sus oponentes. Continúa la lista de parejas improbables hasta que surge el nombre del Ángel de la Guarda. El anunciador en la televisión informa que el Ángel de la Guarda será pareja de... ¡el Vampiro Velásquez!

—No puede ser —dice René. Hasta la habitual mirada de desinterés de Hiro es sustituida por una expresión de incredulidad. ¡El Vampiro Velásquez hará equipo con el Ángel de la Guarda!

20

WHEN I LOSE...I WIN

★ ★ ★ ★ ★ ★ ★

CUANDO PIERDO... GANO

"Cannon ball," screams Gus as he leaps halfway across the pool and dives into the water. A sign reads NO DIVING ALLOWED, but that doesn't seem to mean anything to Gus.

"You're going to get us kicked out," says Rene.

"I'd like to see them try!" Gus comes up out of the water with his fists raised ready for a fight.

"Hey, the rules say NO DIVING."

—Barrilazo —grita Gus al tiempo que brinca casi al centro de la piscina y se hunde en el agua. Un letrero anuncia NO CLAVADOS, pero eso no parece decirle nada a Gus.

—Nos van a correr por tu culpa —dice René.

—A ver, que lo intenten —Gus sale del agua con los puños cerrados y listo para pelear.

—Hey, las reglas dicen claramente PROHIBIDOS LOS CLAVADOS.

"Rules, rules, rules." Gus rolls his eyes. "You really need to loosen up, Rene. If you don't, then you might end up as uptight as Hiro." The mention of his name makes Hiro raise an eyebrow and grunt at Gus in disapproval.

"I'm in," I cry out as I remove my shirt and dive into the pool.

"Way to go, Max." Gus swims over to me and gives me a high five. Carlitos, Hiro and David dive into the pool all at once, a massive splash.

"Okay, okay," says Rene. He takes off his shirt and jumps in.

"I declare war," says Carlitos, climbing on Hiro's shoulders. "I challenge anybody in here to a pool fight!"

"I'm in." Rene gets on David's shoulders.

"C'mon, Max," says Gus. He's jumping on my shoulders. "We can take them!"

Now, the way you win a pool fight is by knocking your opponent's rider off his shoulders. There are rules, however, such as no punching in the face, pulling hair or poking in the eyes. But when I see Hiro headbutt David, I quickly realize that those rules are out the window. To his credit, David maintains his balance and charges straight at Hiro.

Carlitos and Rene grab at each other.

—Reglas, reglas, reglas —Gus alza los ojos al cielo—. Aliviánate, René. Si no lo haces, terminarás tan tieso como Hiro —la sola mención de su nombre hace que Hiro le gruña a Gus con desaprobación.

—Yo le entro —anuncio al tiempo que me quito la camiseta y me arrojo al agua.

—¡Bien hecho, Max! —Gus nada hacia mí y choca cinco conmigo. Carlitos, Hiro y David se echan al agua al mismo tiempo, un splash masivo.

—Okey, okey —dice René. Se quita la camiseta y entra al agua.

—Yo declaro la guerra —dice Carlitos, subiéndose los hombros de Hiro—. ¡Reto a cualquiera de ustedes a una pelea de piscina!

—Yo le entro —René se sube a los hombros de David.

—Vamos, Max —dice Gus. Se sube a mis hombros—. ¡Podemos con ellos!

Y bien, la manera en que ganas una pelea de piscina es tumbando al jinete de los hombros del contrincante. Sin embargo hay reglas, no se permiten golpes en la cara, jalar el cabello o picar los ojos. Pero cuando veo que Hiro le da un cabezazo a David, rápidamente entiendo que las reglas han sido echadas por la ventana. David mantiene su equilibrio y se lanza contra Hiro.

Carlitos y René se agarran.

"Attack!" Gus yells as we charge right at all four of them. I ram my right shoulder into Hiro and David. I knock them both off balance, but fail to get them off their feet. Gus grabs at Rene, trying to pull him off David. Just then Hiro and Carlitos ram us. I manage to retain my balance, but the impact sends Rene and David tumbling down to the water! That leaves just us. It's Hiro and Carlitos against Gus and me. We circle each other. We engage in a stare down as we look for the just right opening to strike. That's when I hear Paloma's voice.

"Get him, Max!" I turn for just a second. It's Paloma and Spooky, and Paloma is wearing a...a...a pink bikini! I can't take my eyes off her! It's like I'm hypnotized. That's when I feel Hiro ram me hard with his right shoulder, right in my chest.

OOOOFFF! He knocks the wind right out of me! Gus and I crash into the water.

"We win!" yells Carlitos. "We're the champions!" Hiro shoots me a very satisfied smile. Dang! I don't mind losing the water fight. That's not the problem. That I can handle. It's losing to Hiro that really bugs me. I know that he can't stand me. The fact that he not only beat me, but knocked the air out of me is putting that big smile on his face.

"It's okay," says Gus. "We'll get them next round."

Just then Paloma comes up from behind and hugs me.

⭐ —¡Al ataque! —grita Gus cuando realizamos un ataque al flanco derecho de los cuatro. Choco mi hombro derecho contra Hiro y David. Sacudo el equilibrio de ambos, pero no logro tumbarlos. Gus agarra a René, tratando de bajarlo de David, y justo entonces Hiro y Carlitos nos embisten. Yo logro mantener mi equilibrio, pero el impacto ¡manda al agua a René y David! Entonces quedamos solo nosotros. Hiro y Carlitos contra Gus y yo. Nos rodeamos. Nos echamos miradas duras a la vez que buscamos la apertura perfecta para atacar. En eso estamos cuando escuchamos la voz de Paloma.

—¡Gánale, Max! —giro la cabeza solo un segundo. Son Paloma y Spooky, ¡y Paloma trae puesto un… un… un bikini rosa! ¡No puedo dejar de mirarla! Como si estuviera hipnotizado. Es entonces que siento a Hiro golpeándome con el hombro izquierdo, justo en el pecho.

¡UUUUFFF! ¡Me saca el aire! Gus y yo caemos al agua.

—Ganamos —grita Carlitos—. ¡Somos los campeones! —Hiro me mira con una sonrisa engreída en la cara. ¡Chintolas! No me importa perder la lucha en la piscina. Ese no es el problema. Eso puedo soportarlo. Lo que me molesta es perder ante Hiro. Sé que me odia. El hecho de que no solo me ha derrotado sino que me ha sacado el aire es lo que pone esa sonrisa en su cara.

—Está bien —dice Gus—. Les ganaremos a la próxima.

En ese momento llega Paloma por atrás y me abraza.

"Are you okay, Max?" She kisses me on my right cheek and rubs my chest. I turn to look at Hiro. He's giving me the look of death. He sure isn't smiling anymore. It seems that even when I lose...I win.

★ —¿Estás bien, Max? —me besa la mejilla derecha y me frota el pecho. Volteo a mirar a Hiro. Me echa su mirada de muerte. Ahora sí que ya no está sonriendo. Parece ser que incluso cuando pierdo… gano.

21
THE BIG BRAWL
★ ★ ★ ★ ★ ★ ★
LA GRAN BRONCA

"Introducing the tag team the world would never have thought possible," screams the ring announcer. "Making their way down to the ring, I give you the Guardian Angel and Vampire Velasquez!"

"I can't believe it," screams Rene.

I share his disbelief, as does virtually every fan in the arena. Vampire Velasquez walks four steps behind the Guardian Angel, who casts backward glances every three steps to make sure Vampire Velasquez isn't up to any of his dirty old tricks.

—Los relevos que nadie hubiera imaginado —grita el anunciador—. Haciéndose camino hacia el ring, ¡el Ángel de la Guarda y el Vampiro Velásquez!

—No lo puedo creer —grita René.

Comparto su incredulidad, como casi todos los fanáticos en la arena. El Vampiro Velásquez camina cuatro pasos detrás del Ángel de la Guarda, quien lanza miradas atrás cada tres pasos para asegurarse de que el Vampiro no salga con alguno de sus viejos trucos.

On one of those times, he catches Vampire Velasquez ready to punch him in the back of the head.

"Sorry," he tells the Guardian Angel. "Old habits die hard!" They both enter the ring to a chorus of cheers. Vampiro seems bewildered by the fact that the fans are cheering him. He leaps on top of the turnbuckle and waves his arms in response.

Their first-round rivals are Dogman Aguayo and the Mayan Prince. They're ready to fight, hoping to bring a quick end to the historic teaming up of the Guardian Angel and Vampire Velasquez. The ring official orders both teams to their respective corners.

Vampire Velasquez, who is used to wrestling against the Guardian Angel, goes to the wrong corner. The fans burst out laughing. "An honest mistake," he calls out to the crowd, making them laugh even more.

Dogman Aguayo becomes upset that the fans are now cheering Vampire Velasquez. He rushes over and pushes Vampiro down hard to the mat. "What's wrong with you?" he screams. "Are you a traitor now?" Vampire Velasquez rises quickly to his feet and pushes Dogman Aguayo back.

En una de esas, descubre que el Vampiro Velásquez estaba a punto de darle un golpe en la cabeza.

—Perdona —le dice al Ángel de la Guarda—. ¡Las viejas costumbres nunca mueren! —los dos entran al ring ante un coro de ovaciones. El Vampiro parece desconcertado ante tanta muestra de emoción de los fanáticos. Brinca encima de un tensor de cuerdas y mueve los brazos como respuesta.

Durante el primer round, sus rivales son Perro Aguayo y el Príncipe Maya. Están listos para pelear, con la esperanza de acabar rápidamente con estos relevos históricos que forman el Ángel de la Guarda y el Vampiro Velásquez. El réferi pide a los equipos que se retiren a sus esquinas.

El Vampiro Velásquez, que está acostumbrado a pelear contra el Ángel de la Guarda, se va a la esquina equivocada. La fanaticada explota en carcajadas.

—Un error sincero —grita a la multitud, lo cual hace que se rían más.

Perro Aguayo se molesta de que haya tantas porras para el Vampiro Velásquez. Corre y empuja al Vampiro, quien cae con fuerza sobre la lona.

—¿Qué te pasa? —le grita al Vampiro Velásquez—. ¿Ahora eres un traidor? —el Vampiro Velásquez se levanta rápidamente y empuja al Perro Aguayo.

The two rule breakers start a shoving match. The crowd goes wild, chanting "Vampiro! Vampiro! Vampiro!"

Craziness reigns supreme when the bell rings. Vampire Velasquez jumps on Dogman Aguayo's back and begins to bite his neck! The Mayan Prince runs into the ring to defend his tag team partner, only to be greeted by a series of left and right punches from the Guardian Angel. It is pure madness in the ring now! After nine minutes of red hot action, the match comes to a dramatic conclusion when Vampire Velasquez throws Dogman Aguayo out of the ring at the same time that the Guardian Angel raises the Mayan Prince up into the air to deliver his trademark finishing maneuver, the Hand of God!

Vampire Velasquez leaps on the top turnbuckle and jumps in the direction of the Guardian Angel to add his own weight to the Guardian Angel's already devastating finishing move. The impact is earth shattering! It leaves the Mayan Prince lying unconscious in the middle of the ring.

"They are working as a team," says Paloma. "Who would have thought it possible?"

The ring announcer declares that the Guardian Angel and Vampire Velasquez have advanced to the second round. The fans begin to chant their names.

Angel! Vampiro! Angel! Vampiro! Angel! Vampiro!

⭐ Un encuentro de empujones empieza entre los dos rompe-reglas. La multitud enloquece, empieza a corear ¡Vampiro!, ¡Vampiro!, ¡Vampiro!

Rige la locura cuando suena la campana. El Vampiro Velásquez brinca sobre la espalda de Perro Aguayo y empieza a ¡morderle el cuello! El Príncipe Maya entra al ring corriendo para defender a su pareja solo para ser detenido por los golpes, que le llegaban por la derecha e izquierda, de parte del Ángel de la Guarda. ¡Sobre el ring ahora es pura locura! Después de nueve minutos de acción caliente, el encontronazo llega a su conclusión dramática cuando el Vampiro Velásquez lanza al Perro Aguayo fuera del ring al mismo tiempo que el Ángel de la Guarda eleva al Príncipe Maya, preparándolo para su típica maniobra final: ¡la Mano de Dios!

El Vampiro Velásquez brinca encima de los tensores de las cuerdas y se lanza en dirección al Ángel de la Guarda para agregar su peso a la de por si devastadora maniobra final. ¡El impacto es como el de un terremoto! Deja al Príncipe Maya inconsciente en el medio del ring.

—Trabajan como equipo —dice Paloma—. ¿Quién lo hubiera imaginado?

El anunciador declara que el Ángel de la Guarda y el Vampiro Velásquez han avanzado a la segunda ronda. La multitud corea sus nombres: "**¡Ángel! ¡Vampiro! ¡Ángel! ¡Vampiro! ¡Ángel! ¡Vampiro!**"

As they make their way out of the ring, a misty-eyed Vampiro seems genuinely touched by the crowd's adoration. He turns to the Guardian Angel and asks, "Is this what it feels like to be you?"

Angel! Vampiro! Angel! Vampiro! Angel! Vampiro!

★ Al salir del ring, el Vampiro, con los ojos rojos, parece auténticamente conmovido por la adoración que le muestra la multitud. Gira hacia el Ángel de la Guarda y le pregunta: —¿Esto es lo que se siente ser tú?

"¡Ángel! ¡Vampiro! ¡Ángel! ¡Vampiro! ¡Ángel! ¡Vampiro!"

22

TRAGEDY STRIKES!
★ ★ ★ ★ ★ ★ ★
¡UNA TRAGEDIA NOS ATACA!

Vampire Velasquez and the Guardian Angel defeat Dogman Aguayo and the Mayan Prince to move into the second round. Then they defeat Caveman Galindo and one of the Medical Assassins. The unlikely tag team can't seem to get their act together and end up fighting each other more than they fight the Guardian Angel and Vampire Velasquez.

El Vampiro Velásquez y el Ángel de la Guarda vencieron al Perro Aguayo y al Príncipe Maya para avanzar a la segunda ronda. Luego le ganaron al Cavernario Galindo y a uno de los Médicos Asesinos. El inusual relevo no pudo trabajar en equipo, y acabaron peleando entre ellos más de lo que luchaban con el Ángel de la Guarda y el Vampiro Velásquez.

In the third round, they defeat the oriental tag team of the Great Kabuki and the Mighty Shogun. But that victory comes at a price. Vampire Velasquez hurts his right knee badly when the Shogun moves out of the way of his flying body press. The Guardian Angel still manages to catch the Great Kabuki in his finishing maneuver to win the match. But Vampire has to be carried out of the ring on a stretcher as he screams out in pain.

"Ayyy...ayyy," he moans into the television cameras in his dressing room. The doctor finishes bandaging his right knee.

"In my professional opinion, he risks damaging his knee even further if he goes back out there," says the doctor—also directly to the television cameras.

"I'm going down to the ring to wrestle," Vampire Velasquez tells the doctor defiantly.

"I wouldn't advise it."

"Try and stop me," says Vampiro, glaring and flashing his canine-like incisors menacingly at the camera.

"You made it all the way to the finals, Dad," says Heavy Metal. He's Vampiro's youngest son.

"He's right," says Tío Rodolfo. "You should be proud of that."

"If Vampiro is unable to wrestle, then you will have to forfeit the world tag team titles to Armageddon and Apocalypse."

En la tercera ronda le ganaron a los relevos asiáticos, el Gran Kabuki y el Poderoso Shogún. Pero esa victoria no llegó sin precio. El Vampiro Velásquez se lastimó fuertemente la rodilla derecha cuando el Shogún evadió una prensa voladora. Aún así, el Ángel de la Guarda logró capturar al Gran Kabuki para aplicarle su maniobra final y ganar el encuentro. Pero el Vampiro tuvo que salir del ring en una camilla mientras gritaba de dolor.

—Ayyy... ayyy —se queja el Vampiro frente a las cámaras de televisión en su vestidor. Está descansando mientras un doctor termina de vendar su rodilla.

—En mi opinión profesional, corre el riesgo de dañarse la rodilla aun más si regresa al ring —dice el doctor, también directo a las cámaras.

—Voy al ring a luchar —dice con desafío el Vampiro Velásquez al doctor.

—No se lo recomiendo.

—Trate de detenerme —dice el Vampiro, mostrando a las cámaras sus deslumbrantes incisivos de perro.

—Ya llegaste a las finales, Papá —dice Heavy Metal, el hijo más joven del Vampiro Velásquez.

—Tiene razón —dice mi tío Rodolfo—. Deberías sentirte orgulloso de lo que has hecho.

—Si el Vampiro no puede luchar, entonces tendrán que renunciar al título mundial de relevos y dárselo a Armagedón y Apocalipsis.

"You want me to forfeit what might well be the last chance I'll ever have to wear another championship belt around my waist?" questions Vampire Velasquez. "Never!"

"Be reasonable, Dad," says Heavy Metal. "You can't go out there like this. You're hurt."

"He's right," says the Guardian Angel. "To go up against Armageddon and Apocalypse with that knee of yours is pure suicide."

Apocalypse and Armageddon are two of the meanest not to mention dirtiest rudos anyone could face in the ring. They're pure chaos, bringing pain and suffering to their opponents.

"What are you going to do?" I ask Vampiro.

He doesn't answer. He looks back and forth between the Guardian Angel and Heavy Metal.

"Do you have it, Lalo?" asks Heavy Metal.

"I sure do," says Lalo. He hands Heavy Metal a large cardboard box. "He called it his best work ever."

"I want all the cameras out of here," screams Vampire Velasquez. "All of you out!" The cameraman and his crew hustle out of the dressing room. "I'm sorry, Max, but I'm going to have to ask you to leave the room too."

"What? Did I do something wrong?"

—¿Quieres que renuncie a lo que podría ser mi última oportunidad de ver otro cinturón de campeonato en mi cintura? —pregunta el Vampiro Velásquez—. ¡Nunca!

—Entiende, Papá —dice Heavy Metal—. No puedes salir así, estás lastimado.

—Tiene razón —dice el Ángel de la Guarda—. Enfrentarte a Armagedón y Apocalipsis con esa pierna es puro suicidio.

Apocalipsis y Armagedón son dos de los luchadores más infames, además de rudos, que cualquiera podría enfrentar en un ring. Son un tremendo caos que solo causa dolor y sufrimiento a sus oponentes.

—¿Qué vas a hacer —le pregunto al Vampiro.

No me contesta. Mira de un lado a otro al Ángel de la Guarda y a Heavy Metal.

—¿La tienes, Lalo? —pregunta Heavy Metal.

—Aquí está —dice Lalo. Le entrega a Heavy Metal una caja grande de cartón—. Dijo que era su mejor trabajo.

—Quiero que saquen a todas las cámaras de aquí. Todos ustedes, ¡afuera! —grita el Vampiro Velásquez. El camarógrafo y su equipo se salen rápidamente del vestidor—. Lo siento, Max, pero a ti también te voy a pedir que te vayas.

—¿Por qué? ¿Hice algo malo?

"No. You haven't done anything wrong. But you're just going to have to trust me. You'll want to be out there among the fans for this one. Something is about to happen, Max—something so monumental, you'll want to remember it forever. But I don't want you to remember it in here with us, behind the scenes. No, I want you to remember it out there as a fan."

"But—"

Vampiro places his index finger over his lips. "You're going to have to trust me, Max."

I don't like it, but what choice do I have? I'm being kicked out of the dressing room for reasons I can't even begin to understand. Before I walk out, I turn around and see Vampire Velasquez, the Guardian Angel, Lalo and Heavy Metal talking to each other. Heavy Metal glances up at me and smiles.

"See you soon, Kid," he calls out as I close the door behind me.

—No. No has hecho nada malo. Pero vas a tener que confiar en mí. Vas a querer estar allá afuera, con la gente, para lo que sigue. Algo va a suceder, Max, algo tan monumental que vas a quererlo recordar para siempre. Pero no quiero que lo recuerdes aquí, con nosotros, tras bastidores. No, yo quiero que lo recuerdes como un fan.

—Pero...

El Vampiro pone su dedo índice sobre sus labios.

—Vas a tener que confiar en mí, Max.

No me gusta, pero ¿qué otra opción tengo? Me están corriendo del vestidor por razones que ni siquiera comprendo. Antes de salir, giro y veo al Vampiro Velásquez, al Ángel de la Guarda, a Lalo y a Heavy Metal hablando unos con otros.

Heavy metal me mira y sonríe.

—Te veo pronto, muchacho —me dice mientras cierro la puerta detrás de mí.

23

VAMPIRO LIVES!
¡EL VAMPIRO VIVE!

I'm sitting at ringside with the rest of the Lucha Libre Club. The arena erupts into a chorus of cheers as the Guardian Angel makes his way down to the ring.

He pumps his fist in the air acknowledging his fans. Minutes before the hated Armageddon and Apocalypse had entered the ring to a thunderous chorus of boos.

There's only one person missing. The arena goes black and a single red spotlight hits the runway. The opening chords of an organ begin to play the haunting undertaker melody that always heralds the arrival of Vampire Velasquez.

Estoy sentado en *ringside* con el resto del Club de Lucha Libre. La arena explota en un coro de porras mientras el Ángel de la Guarda se abre camino hacia el ring.

Levanta su puño al aire como reconocimiento a sus fans. Unos momentos antes, los odiados Armagedón y Apocalipsis habían entrado al ring bajo una lluvia de abucheos.

Solo falta una persona. La arena oscurece y una luz roja ilumina el pasillo. El primer acorde de un órgano inicia la melodía mortuoria que siempre anuncia la llegada del Vampiro Velásquez.

A hooded figure steps to the top of the runway. It's Vampire Velasquez! The crowd begins to cheer, but those cheers fade as he limps his way towards the ring. Vampire Velasquez can barely walk, and he is supposed to be the Guardian Angel's tag team partner in the finals of the Lethal Lottery tournament? Cautiously, and with great effort, Vampire Velasquez climbs up the metal staircase and makes his way into the ring. He asks the ring announcer for a microphone and then turns to address the crowd.

"What is he going to say?" asks Paloma. I wish I knew.

He clears his throat and begins to speak.

"I will not be able to compete tonight," he states. "My spirit is willing, but the doctor has refused to clear me to compete."

The crowd boos the doctor who is sitting at ringside. Apocalypse and Armageddon high five each other, assuming that the Guardian Angel and Vampire Velasquez will have to forfeit the match.

Vampire Velazquez walks over to confront the two rule breakers. "Don't celebrate too quickly," he warns. "I'm invoking the alternate clause!" The mention of the alternate clause causes the crowd to erupt into cheers. "In the event that a luchador is unable to compete," explains Vampire Velasquez, "he may appoint an alternate to wrestle in his place."

"You know who the alternate is, don't you?" asks Paloma.

"No," I say. "I have no idea!"

Una figura encapotada llega al final del pasillo. ¡Es el Vampiro Velásquez! La gente empieza a gritar entusiasmada, pero el entusiasmo disminuye cuando camina cojeando hacia el ring. ¿El Vampiro Velásquez apenas puede caminar y se supone que tiene que hacer equipo con el Ángel de la Guarda en la final del torneo Lotería Letal? Con cautela y gran esfuerzo, el Vampiro Velásquez sube los escalones metálicos que lo llevan hasta el ring. Le pide al anunciador su micrófono y luego se dirige al público.

—¿Qué va a decir? —pregunta Paloma. Ojalá supiera.

Carraspea y empieza a hablar:

—No podré competir esta noche —dice—. Mi espíritu tiene la voluntad, pero el doctor no me da permiso de competir.

La multitud abuchea al doctor que está sentado frente al ring. Apocalipsis y Armagedón chocan cinco, suponiendo que el Ángel de la Guarda y el Vampiro Velásquez tendrán que renunciar.

El Vampiro Velásquez camina hacia los dos rompe-reglas para enfrentarlos.

—No celebren tan pronto —advierte—. ¡Invoco la cláusula alternativa! —La mención de la cláusula provoca una explosión de entusiasmo entre el público—. En el caso de que un luchador no pueda competir —explica el Vampiro Velásquez—, puede seleccionar a un alterno que luche en su lugar.

—Tú sabes quién es el alterno, ¿verdad? —pregunta Paloma.

—No —le digo—. ¡No tengo idea!

"Tonight you all were promised Vampire Velasquez and the Guardian Angel versus the Apocalypse and Armageddon. And you will get just that!"

Just then the arena lights go out again and the single red spotlight hits the runway once more. The familiar organ of Vampire Velasquez' theme song begins to sound, but this time it's accompanied by the high-pitched squeals of electric guitars and heavy metal riffs! It can't be!

"Vampiro lives," screams Vampire Velasquez into the microphone as a new Vampiro Velasquez begins to make his way down to the ring! The cheering is deafening. So much so that Paloma, who is sitting right next to me, is saying something to me, but I can't hear a word of it. She hugs me and kisses me on the lips from all the excitement. Hiro turns red with jealousy.

"Vampiro lives!" screams Vampire Velasquez into the microphone once again.

Heavy Metal is the new Vampire Velasquez! Clad in a black leather cape with metal spikes, the new Vampiro holds an electric guitar up in the air. His mask is a hybrid of both the mask of Heavy Metal and that of Vampire Velasquez!

He passes by us at ringside and winks at me from behind a skull-shaped mask! "I said I would see you soon, Kid," he screams. He then leans over and gives Gus a big high-five!

As soon as the new Vampiro enters the ring, he and Apocalypse engage in a stare down. The bell rings.

—Esta noche a todos se les prometió que verían al Vampiro Velásquez y al Ángel de la Guarda contra Apocalipsis y Armagedón. ¡Y eso es lo que verán!

Y en ese momento las luces de la arena se apagan y nuevamente la luz roja ilumina el pasillo. Empieza a sonar el tema en órgano del Vampiro Velásquez, ¡pero esta vez con los aullidos agudos de guitarras eléctricas y música heavy metal! ¡No puede ser!

—El Vampiro vive —grita el Vampiro Velásquez en el micrófono ¡cuando el nuevo Vampiro empieza su recorrido hacia el ring! El vitoreo es ensordecedor. Ni siquiera puedo oír lo que Paloma me dice, y eso que está sentada a mi lado. Me abraza y me besa en los labios llena de emoción. Veo que Hiro se pone rojo de celos.

—El Vampiro vive —grita el Vampiro Velásquez en el micrófono otra vez.

¡Heavy Metal es el nuevo Vampiro Velásquez! Vestido con una capa de piel negra con puntas de metal, el nuevo Vampiro sostiene una guitarra eléctrica en el aire. ¡Su máscara es un híbrido entre la máscara de Heavy Metal y la del Vampiro Velásquez!

Pasa por donde estamos en *ringside* ¡y me hace un guiño detrás de su máscara con forma de calavera!

—Te dije que te vería pronto, muchacho —me grita y luego se acerca para chocar cinco con Gus.

Tan pronto el nuevo Vampiro entra al ring, empieza un duelo de miradas con Apocalipsis. Suena la campana.

The new Vampiro Velasquez makes the first move by delivering a series of clubbing rights to the head of Apocalypse. The blows stun Apocalypse. He spins around the ring dizzily only to be greeted by a pair of flying drop kicks courtesy of the new Vampiro! The impact knocks him down hard to the canvas.

Apocalypse crawls on all fours across the ring to tag in his partner, Armageddon. Vampiro doesn't even wait for Armageddon to enter the ring. He runs across the ring and leaps into the air, clotheslining both men right off the ring apron! Vampiro quickly climbs up the turnbuckles and basks in the cheers of the fans.

Vampiro! Vampiro! Vampiro!

The Guardian Angel enters the ring next and engages in a test of strength with Armageddon. He's losing at first, but the cheers from the crowd give him the strength to turn the tables on Armageddon and overpower him! After about twenty minutes of red hot action, the Guardian Angel is fouled in the groin by Apocalypse who then slides out of the ring and grabs a folding metal chair.

As the Guardian Angel struggles to rise back up to his feet, Apocalypse climbs on the top turnbuckle and prepares to come crashing down on the head of the Guardian Angel with the chair! The ring official is too busy trying to get the new Vampire Velasquez and Armageddon back in the ring. He's oblivious to the cheating taking place.

★ El nuevo Vampiro Velásquez hace la primera movida acertando una serie de derechazos a la cabeza de Apocalipsis. Los golpes aturden al rudo. Gira mareado alrededor del ring ¡hasta que lo reciben unas patadas voladoras propinadas por el nuevo Vampiro! El impacto lo hace caer duramente sobre la lona.

Apocalipsis gatea de un extremo a otro del ring para dar la mano a Armagedón y pasar el relevo. El Vampiro ni siquiera espera que Armagedón entre al ring. Corre y salta al aire ¡tumbando a los dos compañeros fuera del ring! El Vampiro se sube al tensor de cuerdas y pide ovaciones a los fanáticos.

¡Vampiro! ¡Vampiro! ¡Vampiro!

El Ángel de la Guarda entra al ring y se enfrenta a una medida de fuerza con Armagedón. Al principio, el Ángel de la Guarda está perdiendo pero los gritos de la multitud le dan fuerza para voltear las tablas y vencerlo. Después de veinte minutos de acción fulminante, el Ángel de la Guarda recibe un *faul* en la entrepierna por parte de Apocalipsis, quien después se desliza fuera del ring para agarrar una silla plegable.

Mientras el Ángel de la Guarda hace esfuerzos por ponerse de pie, Apocalipsis se sube a los tensores de cuerdas y se prepara para lanzarse y ¡propinar un tremendo sillazo a la cabeza del Ángel! El réferi está muy ocupado tratando de convencer al nuevo Vampiro Velásquez y a Armagedón de regresar al ring. No se da cuenta de las trampas que se cometen.

But just as Apocalypse is about to dive off the top turnbuckle, he's stopped cold by the old Vampire Velasquez who has limped his way back down to the ring. He rescues the Guardian Angel by knocking Apocalypse off the top turnbuckle. Vampire then limps into the middle of the ring holding the metal folding chair in his hands. He stares at both the Guardian Angel and Apocalypse. He seems unsure what to do next. He raises the chair up into the air and aims it in the direction of the Guardian Angel.

"No," yells the crowd.

Vampiro pauses. He seems confused.

"I have to do it," he yells at the crowd. "It's in my nature to be the bad guy."

"No!" The crowd yells even louder.

Vampire Velasquez is torn. Both the Guardian Angel and Apocalypse rise back to their feet groggily. Vampire Velasquez takes careful aim at the Guardian Angel and swings the chair hard, but in mid-swing he switches and hits Apocalypse instead! Vampire Velasquez rolls out of the ring before the ring official can see what he's done. The Guardian Angel delivers his finishing maneuver to Apocalypse and covers him. The Hand of God!

The Guardian Angel and the new Vampiro are world tag team champions!

Pero justo cuando Apocalipsis está a punto de lanzarse del tensor, es detenido en seco por el original Vampiro Velásquez que ha regresado cojeando al ring. Rescata al Ángel de la Guarda tumbando a Apocalipsis del tensor. El Vampiro entonces cojea al centro del ring con una silla plegable en las manos. Mira tanto al Ángel de la Guarda como a Apocalipsis. No parece saber qué hacer. Sube la silla al aire y la dirige al Ángel de la Guarda.

—No —grita la multitud.

El Vampiro hace una pausa. Parece confundido.

—Lo tengo que hacer —grita a la multitud—. Está en mi naturaleza ser un malo.

—No —grita la multitud aún más fuerte.

El Vampiro Velásquez está dividido. El Ángel de la Guarda y Apocalipsis se levantan tambaleantes. El Vampiro Velásquez apunta hacia el Ángel de la Guarda y abanica la silla con fuerza, pero a medio camino cambia de dirección y ¡le pega a Apocalipsis! Luego el Vampiro se sale del ring antes de que el réferi vea lo que ha sucedido. Entonces el Ángel de la Guarda aplica su maniobra final a Apocalipsis, ¡la Mano de Dios!

¡Ángel de la Guarda y el nuevo Vampiro Velásquez son campeones mundiales de relevos!

24
THE CHALLENGE
★ ★ ★ ★ ★ ★
EL DESAFÍO

"Everybody thinks you're so great because your uncle is the Guardian Angel," says Hiro. "But you're not so great."

"I never said I was great." Man, Hiro just won't give it a rest! What's it going to take for me to get him off my back?

"Do you even know how to wrestle?" he asks sarcastically.

"I know enough." I also know that having had some lessons hardly qualifies me as an expert, but Hiro is really starting to get to me. "I've been training with both my uncle and Vampire Velasquez."

—Todo mundo piensa que eres el mejor porque tu tío es el Ángel de la Guarda —dice Hiro—. Pero no eres el mejor.

—Yo nunca dije que fuera el mejor —¡chale, este Hiro no me deja en paz! ¿Qué necesito hacer para quitármelo de encima?

—De seguro ni siquiera sabes luchar —me dice con sarcasmo.

—Sé lo suficiente —también sé que unas cuantas lecciones no me convierten en un experto, pero Hiro me está llegando hasta el tope—. He estado entrenando tanto con mi tío como con el Vampiro Velásquez.

"So you've trained with two old men?" Did Hiro just call two of the most famous luchadores in the world *old*? He's going too far.

"Are you calling my grandfather old?" asks Gus, jumping into the argument. He walks up to Hiro and bumps him hard in the chest. Hiro doesn't even budge. "Because if that's what you're saying, Hiro, then you and I are going to have a problem too."

"The Guardian Angel was good enough to beat your grandfather," I remind him. "Beat your father too, didn't he?" My words sting Hiro good. I can tell by the anger in his eyes. He's livid!

"Why don't we settle down?" says Carlitos. "We're supposed to be members of the same club, for gosh sakes."

"Yeah," says Rene. "We're all friends here, right?"

"You talk big, Max," says Hiro. "But can you back it up?"

"What's up with you? You've been on me since I got here."

"Stop it, Hiro!" Paloma claps her hands in front of his face. "Leave Max alone."

"Why should I? You worried I'll show your boyfriend up for the big wimp that he is?"

"What's going on here?" asks Vampire Velasquez. We turn. Vampire is standing at the doorway with the Guardian Angel and Hiro's dad, the Great Kabuki. They all look pretty upset by our argument, except for Vampire Velasquez. He thinks it's funny.

—¿Así que has entrenado con dos ancianos? —¿acaso Hiro le acaba de decir *ancianos* a los dos luchadores más famosos del mundo? Se está pasando de listo.

—¿Estás diciéndole viejo a mi abuelo? —pregunta Gus, saltando a la discusión. Camina hacia Hiro y le da un fuerte empujón en el pecho. Hiro ni siquiera se mueve—. Porque si eso es lo que quieres decir, Hiro, entonces tú y yo también vamos a tener problemas.

—El Ángel de la Guarda fue suficientemente bueno como para vencer a tu abuelo —le recuerdo—. Y también le ganó a tu papá, ¿no? —mis palabras son ponzoña para Hiro; se nota en sus ojos llenos de coraje. ¡Está lívido!

—¿Por qué no nos calmamos? —dice Carlitos—. ¿Qué no entienden? ¡Se supone que somos miembros del mismo club!

—Sí —dice René—. Todos somos amigos aquí, ¿verdad?

—Dices muchas cosas, Max —dice Hiro—. Pero ¿las puedes demostrar?

—¿Qué te pasa? Me has estado molestando desde que llegué.

—!Ya párale, Hiro! —Paloma palmea sus manos delante de su cara—. Deja a Max en paz.

—¿Por qué lo voy a dejar en paz? ¿Tienes miedo que demuestre que tu novio es un debilucho?

—¿Qué pasa aquí? —pregunta el Vampiro Velásquez. Volteamos. El Vampiro está parado en el portal con el Ángel de la Guarda y el papá de Hiro, el Gran Kabuki. Se ven bastante molestos por nuestra discusión, excepto el Vampiro Velásquez, a quien le parece todo muy chistoso.

"These young kids seem to have lots of energy, don't they?" he says, grinning. "They remind me of us back in our younger days. Maybe they should take some of that energy to the ring. What do you say, guys?"

Is Vampiro serious? Does he honestly want us to wrestle?

"The ring is still set up in the basement."

"I want to wrestle Max," says Hiro.

"What about you, Max?" asks Vampiro. "Do you want to wrestle Hiro?"

Do I want to wrestle Hiro? That's like asking me if I want to wrestle a bull. The kid is a monster! I don't want to go anywhere near him, let alone get in the ring with him. But everybody is looking at me. And so is Paloma.

"Sure," I tell him. "I want to wrestle Hiro."

No, I don't...I really, really don't.

—Estos muchachitos parece que tienen mucha energía, ¿o no? —dice sonriendo—. Me recuerdan a nosotros cuando éramos jóvenes. Tal vez deberían llevar esa energía al ring. ¿Qué les parece, muchachos?

"¿El Vampiro habla en serio? ¿De veras quiere que luchemos?"

—El ring todavía está en el sótano.

—Quiero luchar Max —dice Hiro.

—¿Y tú qué tal, Max? —pregunta el Vampiro—. ¿Quieres luchar contra Hiro?

¿Que si quiero luchar contra Hiro? Eso es como preguntarme si quiero luchar contra un toro. ¡Ese chico es un monstruo! No me le quiero acercar, mucho menos subirme a un ring con él. Pero todos me están mirando; también Paloma.

—Claro —le digo—, yo quiero luchar contra Hiro.

No, no quiero. De veras no quiero.

25
MAX VERSUS HIRO
★ ★ ★ ★ ★ ★ ★
MAX CONTRA HIRO

Hiro charges at me with a shoulder tackle, but I manage to get out of his way and send him running into the turnbuckles. I try to grab him in a hammerlock, but he's just too strong. He pushes me away as if I were a fly. Hiro's bigger than me, but I'm faster. I have to use my speed and my smarts against his sheer brute strength. I go for his feet and knock them out from under him, sending him down to the canvas.

Hiro me ataca con una tacleada de hombro, pero logro quitarme del camino y lanzarlo hacia los tensores. Trato de agarrarlo con un candado, pero es demasiado fuerte. Me empuja como si yo fuera una mosca. Hiro es más grande, pero yo soy más rápido. Tengo que usar mi velocidad y mi inteligencia contra su fuerza bruta. Voy tras sus pies y los jalo debajo de él, mandándolo a la lona.

He snaps right back up and meets me with a shoulder tackle that knocks the wind out of me. He whips me into the ring ropes. My body bounces off the ropes. Hiro's waiting for me. He spins me around and tries to place me in his grandfather's finishing move, the Rack of Death. I see it coming though and slide between his feet. I grab his ankles and pull them out from under him. He goes face first.

"Way to go, Max," screams Rene. I put Hiro's head in a headlock. I'm not doing that bad. Certainly doing a lot better than Hiro ever thought I would. That seems to have caught him off guard. He rises back up to his feet and punches me hard in the gut, knocking the wind out of me.

"No punching!" his father yells out. "This isn't a real wrestling match, son, just practice."

Getting after your son for cheating is fine and dandy, Mr. Kabuki, but the damage is already done. I lean against the ropes and struggle to regain my breath.

Hiro grabs my arm and rolls me over his shoulders in a fireman's carry that sends me crashing down to the canvas. I get back up, not giving him the chance to put his weight on top of me. He whips me into the ring ropes, planning to catch me with a clothesline to the chest, but I'm way ahead of him. As I bounce off the ropes, I duck under Hiro's beefy arm. I build up enough momentum as I bounce off the ropes again so I can leap into the air, catching Hiro with a well-placed flying dropkick to his chest. The impact knocks him down on his butt.

★ Se levanta como resorte y me enfrenta con una tacleada de hombro que me saca el aire. Me latiguea contra las cuerdas y regreso a donde me está esperando Hiro. Me da vuelta y trata de aplicarme el movimiento final de su abuelo, el Potro de la Muerte. Lo anticipo así que me resbalo entre sus pies. Agarro sus tobillos y los jalo por debajo de él. Se va de cara a la lona.

—Muy bien, Max —grita René. Le pongo un candado a la cabeza de Hiro. No me está yendo tan mal. De seguro me va mejor de lo que Hiro se imaginaba. Eso parece que lo ha tomado de sorpresa. Se levanta y me da un puñetazo en el estómago, sacándome el aire.

—Nada de puñetazos —grita su papá—. Esto no es lucha de verdad, hijo, solo es práctica.

Regañar a su hijo está muy bien, señor Kabuki, pero eso no quita los daños. Estoy recargado en las cuerdas, tratando de agarrar aire.

Hiro me agarra del brazo y me da vueltas para ponerme sobre sus hombros, luego me arroja y choco contra la lona. Me levanto para no darle la oportunidad de apresarme con su peso. Me latiguea contra las cuerdas con la intención de golpearme con el brazo cuando regrese a él. Pero yo me adelanto a sus intenciones. Cuando reboto de las cuerdas, me agacho bajo el brazo de Hiro y con el impulso reboto nuevamente en las cuerdas para saltar y golpearlo con unas patadas voladoras en el pecho. El impacto lo tumba.

It doesn't hurt him much, but it really embarrasses him. He jumps up and charges at me, catching me with a clothesline to the chest. He then places me—once more—in his grandfather's finishing hold, that Rack of Death! As Hiro begins to apply the pressure, it feels as if my arms are on fire! He leans his weight forward, making it hard for me to breathe. Is he trying to get me to black out? It's very clear that Hiro isn't just out to beat me. He wants to kill me!

"Let him go," I hear Paloma yell. I see Tío Rodolfo and the Great Kabuki begin to make their way into the ring to stop him, but Vampiro Velasquez gestures for them to wait. I feel the corners of my eyes starting to go black. I shake my head to keep myself from passing out. The pain is unbearable! I look around the ring. Rene, David, Paloma, Spooky—they're all screaming at Hiro to let me go. How can I beat someone who's bigger and stronger than me?

I think back to the words of Vampiro Velasquez. He told me that the Guardian Angel didn't overpower the Great Tsunami, he outsmarted him. With all my might, I begin to push upward against Hiro as if trying to power my way out of the dreaded Rack of Death. My actions make Hiro laugh. He knows I'm not strong enough to overpower him, so he thinks that I'm just desperate now. But that's not what I'm up to, not at all. He begins to push down even harder than before, and that's precisely what I want him to do! I continue to struggle, pushing against Hiro. He shifts his feet to gain even greater leverage and apply more pressure.

No lo lastima mucho pero sí lo avergüenza. Se levanta y corre hacia mí, golpeándome con su brazo extendido. Luego intenta aplicarme, otra vez, la maniobra final de su abuelo. Cuando Hiro empieza a aplicar presión, ¡se siente como si se estuvieran quemando mis brazos! Proyecta su peso hacia adelante, haciendo difícil que yo respire. ¿Quiere que me desmaye? Es claro que Hiro no solo quiere vencerme, ¡me quiere matar!

—Suéltalo —escucho que grita Paloma. Veo a mi tío Rodolfo y al Gran Kabuki caminar hacia el ring para detenerlo, pero el Vampiro Velásquez les hace señas para que se esperen. Siento que se oscurecen las orillas de mis ojos. Sacudo la cabeza para evitar desmayarme. ¡El dolor es insoportable! Veo alrededor del ring. René, David, Paloma, Spooky... todos gritándole a Hiro que me suelte. ¿Cómo puedo vencer a alguien que es más grande y más fuerte que yo?

Recuerdo las palabras del Vampiro Velásquez. Me dijo que el Ángel de la Guarda no subyugó al Gran Tsunami, sino que fue más astuto. Con todas mis fuerzas, empiezo a empujar hacia arriba, contra Hiro, como si tratara de salirme del Potro de la Muerte con pura fuerza. Mis acciones hacen que Hiro se ría. Sabe que no soy lo suficientemente fuerte para subyugarlo, así que cree que ahora estoy desesperado. Pero no es lo que intento, de ninguna manera. Empieza a empujar hacia abajo con mayor fuerza que antes, ¡y eso es precisamente lo que quiero que haga! Sigo esforzándome, empujando contra Hiro. Él mueve los pies para obtener más apoyo y aplicar más presión.

I see the Guardian Angel standing inside the ring. He's smiling. He knows what I am up to now.

"I got you now!" Hiro yells at me.

"No, Hiro," I whisper to him. "It's actually me that has you!" I make my move and lunge forward. My sudden shift in momentum takes Hiro completely by surprise. He stumbles forward against his will! He can't stop his own forward movement, which makes him flip over my shoulders and go flying up in the air! He lands right at the Guardian Angel's feet. Hiro is stunned! Paloma and the rest of the Lucha Libre Club are stunned too.

Rene is the one who finally breaks the silence.

"Max escaped the Rack of Death," he whispers in disbelief. "Max escaped the Rack of Death," he says it again even louder this time. "Max escaped the Rack of Death!" He's screaming it now.

Hiro gets back up slowly. He still looks stunned, as if he can't believe what's just happened to him. We engage in a stare down. Neither one of us seems eager to make the next move.

"It's over," says the Great Kabuki. He steps between us. "You both did very well."

"But I failed to avenge my grandfather's defeat at the hands of the Guardian Angel," says Hiro.

The Great Kabuki stares at Hiro in disappointment.

Veo al Ángel de la Guarda parado dentro del ring. Está sonriendo. Sabe lo que estoy haciendo.

—Te tengo —me grita Hiro.

—No, Hiro —le digo suavecito—. En realidad, ¡soy yo quien te tiene! —hago un movimiento y arremeto hacia enfrente. Mi desplazamiento repentino de fuerza toma a Hiro completamente por sorpresa. ¡Se tropieza hacia enfrente sin poderlo evitar! No puede detener su movimiento hacia adelante, lo cual hace que se lance sobre mis hombros y vuele por encima de mí. Aterriza justo a los pies del Ángel de la Guarda. ¡Hiro está sorprendido! Paloma y el resto del Club de la lucha libre también están sorprendidos.

René es quien finalmente rompe el silencio.

—Max se escapó del Potro de la Muerte —murmura incrédulo—. Max se escapó del Potro de la Muerte —lo dice de nuevo, esta vez más fuerte—. ¡Max se escapó del Potro de la Muerte! —ahora está gritando.

Hiro se levanta lentamente. Todavía se ve aturdido, como si no creyera lo que acaba de pasarle. Ambos entramos a un duelo de miradas. Ninguno de los dos parece demasiado ansioso por realizar el siguiente movimiento.

—Se acabó —dice el Gran Kabuki, parándose entre nosotros—. Ambos lo hicieron muy bien.

—Pero no pude vengar la derrota de mi abuelo en manos del Ángel de la Guarda —dice Hiro.

Decepcionado, el Gran Kabuki mira a Hiro.

"Hiro, your grandfather saw no dishonor in losing to the Guardian Angel."

"But he lost," says Hiro. "His perfect record was ruined."

"Your grandfather considered it an honor to wrestle the Guardian Angel."

"But he lost."

"If you think winning and losing are all that matters, then I am afraid you don't understand lucha libre at all."

"Your grandfather was a great man, Hiro," says the Guardian Angel. "It was an honor to stand in the same ring with him."

Hiro turns his back on the Guardian Angel and walks out of the ring.

"Don't do that, Hiro," says his father, but Hiro isn't listening to him.

He leaves the ring, but not before turning back around and glaring at me.

"It's not over," he warns me. "We'll meet again."

—Hiro, tu abuelo no vio deshonra alguna cuando perdió ante el Ángel de la Guarda.

—Pero perdió —dice Hiro—. Se arruinó su récord perfecto.

—Tu abuelo consideraba un honor el haber luchado contra el Ángel de la Guarda.

—Pero perdió.

—Si tú crees que ganar y perder es todo lo que importa, entonces me temo que no entiendes nada de la lucha libre.

—Tu abuelo fue un gran hombre, Hiro —dice el Ángel de la Guarda—. Fue un honor compartir el mismo ring con él.

Hiro le da la espalda al Ángel de la Guarda y camina fuera del ring.

—No hagas eso Hiro —dice su papá, pero él no le hace caso.

Sale del ring pero antes voltea y me lanza una mirada furiosa.

—Esto no ha terminado —me advierte—. Nos volveremos a ver.

26

THE MASTER BECOMES A TEACHER
★ ★ ★ ★ ★ ★ ★
EL MAESTRO SE VUELVE PROFESOR

"They're wondering if you would consider teaching them how to wrestle, Vampiro?"

"It would be an honor to learn from you," says Rene, his eyes beaming.

"I'm a little worse for wear," says Vampiro. He motions to his heavily bandaged leg and foot. "But maybe I could still do it with the help of an old friend. What do you say, O Great and Mighty Guardian Angel? We all know you're the champion of champions, but can you be the teacher of teachers too?" Every member of the Lucha Libre Club turns to stare at the Guardian Angel.

—Quieren saber si usted podría enseñarles a luchar, Vampiro.

—Sería un honor para mí aprender de usted —dice René con sus ojos brillosos.

—Estoy muy maltratado —dice el Vampiro señalando su pie vendado—. Pero es posible que lo haga con la ayuda de un viejo amigo. ¿Qué dices, oh poderoso Ángel de la Guarda? Todos sabemos que eres el campeón de campeones, pero ¿puedes ser el maestro de maestros? Cada miembro del Club de Lucha Libre volteó a ver al Ángel de la Guarda.

"You want me to teach them how to wrestle?" asks Tío Rodolfo. "I'm not really a teacher, not like you are."

"You did a great job with El Toro Grande and young Max here," says Vampiro Velasquez. "You've learned from the greats like your old mentor, the Tempest Anaya. AND, if I may be so humble, you learned from me. Maybe it's time you passed on some of that knowledge to the next generation?"

The Guardian Angel nods his masked head in agreement. As Tío Rodolfo begins to speak to us, we hold on tight to his every word. After all, he's the living legend, the champion of champions. He's what we all aspire to be. "Okay, are you all ready to learn how to wrestle?"

First he takes us through the basics: hammerlocks and take downs. He teaches us how to fall and how to land. Paloma learns how to catch an opponent in a hammerlock. He teaches Carlitos how to do a drop kick off the top rope. Rene and David practice applying and reversing hammerlocks. Spooky learns how to apply the dreaded figure four leg lock. Gus, of course, has already been well taught. He tries to impress his grandfather Vampiro Velasquez by leaping off the top of the turnbuckle.

After an hour of practice, we're all exhausted. Every muscle in our bodies aches.

"That wasn't so bad, was it, O Great and Mighty Guardian Angel?" asks Vampiro, grinning.

"Not that bad at all," says Tío Rodolfo, smiling.

—¿Quieres que yo les enseñe a luchar? —pregunta mi tío Rodolfo—. Yo no soy un profe como tú.

—Lo hiciste muy bien con El Toro Grande y el joven Max —dice el Vampiro Velásquez. Tú aprendiste de los grandes como tu viejo mentor Tempestad Anaya. Y también aprendiste de mí, dicho con toda humildad. ¿No será tiempo de que pases algo de ese conocimiento a la siguiente generación?

El Ángel de la Guarda mueve su cabeza enmascarada en señal de afirmación. En cuanto mi tío Rodolfo empieza a hablar, ponemos atención a cada una de sus palabras. Después de todo, él es una leyenda viviente, el campeón de campeones. Él es todo lo que quisiéramos ser.

—¿Están listos para aprender a luchar?

Primero nos enseña lo básico: candados y tumbadas. Nos enseña a caer y aterrizar. Paloma aprende a aplicar un candado. Le enseña a Carlitos cómo lanzar una patada voladora desde la tercera cuerda. René y David practican aplicando y deshaciendo candados. Spooky aprende a aplicar la temida cruceta en forma de cuatro. Gus, por supuesto, ya ha aprendido muy bien. Trata de impresionar a su abuelo, el Vampiro Velásquez, brincando del tercer tensor de cuerdas.

Después de una hora de práctica, todos estamos agotados. Nos duele cada músculo de nuestros cuerpos.

—No estuvo tan mal, oh poderoso Ángel de la Guarda, ¿o sí? —pregunta el Vampiro con una amplia sonrisa.

—Nada mal —dice mi tío Rodolfo, sonriendo.

"I might just make a master trainer out of you yet."

"That was so awesome, Max," says Rene. "But you're lucky you had to wrestle Hiro instead of Paloma."

"Why?"

"Have you ever seen her wrestle? Let me put it to you this way, Max," says Rene. "Hiro has never been able to pin her. That girl doesn't give up. She hates to lose."

"And don't you forget that, Max," says Paloma. She walks up to me. "Maybe the next time your uncle Lalo comes to Hidalgo, we can go to a movie together?"

"Sure," I tell her.

"So it's a date?" she asks me.

"It's a date."

"Don't you dare stand me up, Maximilian," she warns me.

"I wouldn't dream of it."

—Hasta podrías volverte un maestro entrenador.

—Eso estuvo genial, Max —dice René—. Pero tuviste suerte de haber luchado contra Hiro y no contra Paloma.

—¿Por qué?

—¿Nunca la has visto luchar? Déjame ponerlo de esta manera, Max —dice René—. Hiro nunca la ha podido doblegar. Esa chica no se rinde, odia perder.

—Y que no se te olvide, Max —dice Paloma y luego camina hacia mí—. A lo mejor la próxima vez que tu tío Lalo vaya a Hidalgo, tú y yo podemos ir al cine juntos.

—Claro.

—¿Así que tenemos una cita? —me pregunta.

—Sí, tenemos una cita.

—Más te vale que no me dejes plantada, Maximiliano —advierte.

—Te juro que no.

I'm standing in the middle of a lucha libre ring with my eyes closed. I can hear the roaring sounds of the crowd in my head. Their voices rise higher and higher. I hear the sounds of children laughing, the voices of men and women talking. I can hear it all. I open my eyes and look down at my hands. I am holding the original silver mask with the embroidered orange flames that belonged to my tío Rodolfo.

"Do it! Do it! Do it!" the crowd chants. Do I dare? Do I have what it takes to wear the mask of the Guardian Angel?

★ ★ ★ ★ ★ ★ ★ ★ ★ ★ ★ ★ ★

Estoy parado en el centro de un ring de lucha libre con mis ojos cerrados. Puedo escuchar los gritos de la multitud en mi cabeza. Sus voces se elevan cada vez más y más. Escucho a niños que ríen y las voces de hombres y mujeres platicando. Lo puedo escuchar todo. Abro los ojos y miro mis manos. Estoy sosteniendo la máscara plateada con flamas naranjas tejidas, la original que perteneció a mi tío Rodolfo.

—¡Que se la ponga!, ¡que se la ponga! —escucho el coro de la multitud. ¿Me atreveré? ¿Tengo lo necesario para ponerme la máscara del Ángel de la Guarda?

Ready, Max? I hear a voice in my head, asking.

Am I ready? Am I truly ready to wear the mask of the great and mighty Guardian Angel?

I close my eyes and take a deep breath as I put on the mask. I open my eyes and stare out at the world through teardrop-shaped silhouettes.

I know the answer to your question, Vampire Velasquez. You asked me what makes the Guardian Angel more than just a man in a mask. What makes him so special? When you figure out the answer to that question, you told me, it will be a sign that one day you might be ready.

Tío Rodolfo may only be a man, but as the Guardian Angel he's much more than just that. He's more than a benevolent folk hero. He's more than a symbol of justice on the silver screen that fights back against the forces of darkness. He's the spark that motivates men like Vampire Velasquez, Paloma's dad and countless others to reach heights they never thought possible. He's the inspiration that makes a little girl named Sonia Escobedo grow up to become the mighty Dama Enmascarada. He's the hero that deep inside we all wish we could be. He's our better angel. He's the living embodiment of the spirit of lucha libre.

I open my eyes and remove the mask. I find myself standing in the middle of the ring in the now empty basement of the hotel.

¿Listo, Max? escucho que me pregunta una voz en mi cabeza.

¿Estoy listo? Estoy verdaderamente listo para usar la máscara del poderoso Ángel de la Guarda?

Cierro los ojos y respiro profundamente al ponerme la máscara. Abro los ojos y miro el mundo a través de los agujeros en forma de lágrimas.

Ya sé la respuesta a tu pregunta, Vampiro Velásquez. Me preguntaste qué hace que el Ángel de la Guarda sea más que solo un hombre enmascarado. ¿Qué lo hace tan especial? "Cuando logres encontrar esa respuesta, Max", me dijiste, "entonces estarás listo para ser el Ángel de la Guarda".

Mi tío Rodolfo podría ser solo un hombre, pero el Ángel de la Guarda es mucho más que eso; mucho más que un benévolo héroe folclórico. Es más que un símbolo de justicia en una pantalla de cine que lucha contra las fuerzas oscuras. Es la chispa que motiva a hombres como el Vampiro Velásquez, el papá de Paloma y muchos otros a que alcancen alturas que ellos nunca hubieran imaginado poder alcanzar. Él es la inspiración que hace que una niña llamada Sonia Escobedo llegue a ser la poderosa Dama Enmascarada. Es el héroe que, muy adentro, todos quisiéramos ser. Es nuestro mejor ángel. Es la personificación del Espíritu de la Lucha Libre.

Abro los ojos y me quito la máscara. Estoy en el centro del ring en el sótano del hotel.

Vampire Velasquez would call what I've just experienced a vision bestowed upon me by the spirit of lucha libre—a vision of things to come if I decide to make them happen. Will I make them happen? I would like to think so, but I'm still a kid. I have my whole life ahead of me. And I have a lot of growing up to do first.

"Hi Max," says a very familiar voice behind me. I turn around and see Cecilia Cantu standing on the ring apron. "I've never been inside a real wrestling ring before," she tells me as she steps through the ring ropes.

"Welcome to my world," I tell her. "Glad you could make it."

"Glad you finally called," she tells me. "So, who is he?"

"Who is who?"

"What luchador are you related to, Max? That's the big secret you've been keeping from me, right?"

"I don't know what you mean." I want to tell her the truth, I really do. But I took an oath to Tío Rodolfo, and I plan to keep that promise.

"I'm not a fool, Max," she tells me. "You're here in Los Angeles hanging out with luchadores at a wrestling show. Backstage, no less. Plus, I know your mother. There's no way she would ever let you come all the way to Los Angeles by yourself. No, you are definitely here with family."

"I...I can't tell you who he is. I want to, but I promised."

★ El Vampiro Velásquez diría que lo que acabo de experimentar es una visión que me ha sido revelada por el Espíritu de la Lucha Libre, la visión de un futuro que podría suceder si me decido a que suceda. ¿Sucederá? Me gustaría pensar que sí, pero solo soy un niño. Tengo toda mi vida por delante. Y primero tengo mucho que crecer.

—Hola, Max —dice una voz conocida detrás de mí. Me volteo y veo a Cecilia Cantú parada en la orilla del ring—. Nunca he estado sobre un auténtico ring de lucha libre —me dice a la vez que cruza las cuerdas.

—Bienvenida a mi mundo —le digo—. Qué gusto que pudiste venir.

—Qué gusto que finalmente me llamaste —me dice—. Y bueno, ¿quién es?

—¿Quién es quién?

—¿Qué luchador es tu pariente? Ese es el gran secreto que me has ocultado, ¿verdad?

—No sé a qué te refieres —quiero decirle la verdad, de veras es lo que quiero. Pero hice un juramento a mi tío Rodolfo y voy a cumplir mi promesa.

—No soy una tonta, Max —me dice—. Estás aquí en Los Ángeles, juntándote con luchadores en un espectáculo de lucha libre. Y además entre los bastidores. Además, conozco a tu mamá. No hay manera que ella te hubiera dejado venir solo hasta Los Ángeles. Así que definitivamente andas con familia.

—No... no puedo decirte quien es. Quiero hacerlo, pero hice una promesa.

"You don't have to tell me Max," she says, smiling. "I think I just figured it out." She points to the mask of the Guardian Angel I'm holding in my hands.

"I want to apologize for the way I acted in Rio," I tell her. She stares at me. "I don't know what's going to happen between us. I don't know if you and I are going to ever be together again or not. But I do know one thing."

"What's that?"

"I would like us to always be friends no matter what."

She walks towards me and hugs me.

"Does this mean that we are okay?" I ask her. She nods and smiles.

"I met a girl named Paloma in the lobby on my way over here," she tells me.

"You did?"

"She was with Spooky when my mom dropped me off. Paloma is very pretty, Max, but why do I get the feeling she doesn't like me much?"

"I wouldn't know why," I say. "But yes, Paloma is very beautiful."

"I said *pretty*," she says, sounding more than a bit jealous. "Nobody said anything about her being beautiful."

Hmmm.

"We should go to the lobby," she tells me. "The guys are waiting for us."

—No tienes que decirme, Max —me dice, sonriendo—. Creo que ya lo descubrí —ella señala la máscara del Ángel de la Guarda que tengo en las manos.

—Quiero pedirte disculpas por la manera en que me comporté en Río —le digo, ella se me queda mirando—. No sé que va a pasar entre nosotros, no sé si tú y yo volveremos a estar juntos. Pero sí sé una cosa.

—¿Qué cosa?

—Me gustaría que siempre seamos amigos, sin importar lo que suceda.

Camina hacia mí y me abraza.

—¿Quieres decir que todo está bien entre nosotros? —le pregunto. Me dice que sí con la cabeza y sonríe.

—Conocí a una chica llamada Paloma en el lobby cuando venía para acá —me dice.

—¿Sí?

—Estaba con Spooky cuando mi mamá me dejó aquí. Paloma es muy bonita, Max, pero tengo la impresión de que no le caigo muy bien.

—No entiendo por qué —le digo, sonriendo—. Pero tienes razón, Paloma es muy hermosa.

—Dije *bonita* —me dice con un tono más que un poco celoso—. Nadie dijo que estuviera hermosa.

Hmmm.

—Deberíamos ir al lobby —me dice—. Los chicos nos esperan.

"I'll be there in a second," I tell her. "I won't be long."

As she leaves, I walk over and leap on top of one of the turnbuckles. I take a deep breath and whisper a promise to the spirit of lucha libre.

"If you are real, spirit of lucha libre, and if you so will it, then one day I will become the new Guardian Angel."

The Guardian Angel Lives!

—Te alcanzo en un momento —le digo—. No me voy a tardar.

Mientras se va, brinco sobre unos de los tensores de las cuerdas. Respiro profundamente y le murmuro una promesa al Espíritu de la Lucha Libre.

—Si eres real, Espíritu de la Lucha Libre, y si así lo deseas, entonces un día seré el Ángel de la Guarda.

¡Viva el Ángel de la Guarda!

ABOUT THE AUTHOR

★ ★ ★ ★ ★ ★ ★

XAVIER GARZA was born in the Rio Grande Valley of Texas.
He is an enthusiastic author, artist, teacher and storyteller whose
work is a lively documentation of the dreams, superstitions and
heroes in the bigger-than-life world of South Texas. Garza has
exhibited his art and performed his stories in venues throughout
Texas, Arizona and the state of Washington. He lives with his wife
and son in San Antonio, Texas, and is the author of stacks of books.

More Books *by* XAVIER GARZA

MAX'S LUCHA LIBRE ADVENTURES

MAXIMILIAN & THE MYSTERY OF THE GUARDIAN ANGEL
Maximilian y el misterio del angel de la guarda

MAXIMILIAN & THE BINGO REMATCH
Maximilian y la revancha de lotería

BILINGUAL PICTURE BOOKS

THE GREAT AND MIGHTY NIKKO!
¡El gran y poderoso Nikko!

LUCHA LIBRE: THE MAN IN THE SILVER MASK
Lucha Libre: El Hombre de la Máscara Plateada

CHARRO CLAUS & THE TEXAS KID
Charro Claus y el Tejas Kid

WWW.CINCOPUNTOS.COM